中國古典文學基本叢書

黄庭堅全集

第四册

〔宋〕黄庭堅 著
劉 琳
李勇先 點校
王蓉貴

中 華 書 局

第四册目録

宋黃文節公全集·外集卷第十一

詩

宋黃文節公全集·外集卷第十二

詩

宋黄文節公全集·外集卷第十三

詩

宋黄文節公全集・外集卷第十四

詩

五言古

宋黄文節公全集・外集卷第十五

詩

宋黄文節公全集·外集卷第十六

詩

宋黃文節公全集・外集卷第十七

詩

宋黄文節公全集·外集卷第十八

詩

宋黃文節公全集・外集卷第十九

詩

宋黃文節公全集・外集卷第二十

詩

楚詞

賦

宋黄文節公全集·外集卷第二十一

書

宋黄文節公全集·外集卷第二十二

墓誌銘

宋黄文節公全集·外集卷第二十三

題跋

宋黄文節公全集·外集卷第二十四

雜著上

雜著下

宋黄文節公全集·外集卷第十

詩

七言律

1 題落星寺三首〔一〕元豐三年道經南康作

星宫游空何時落〔二〕，著地亦化爲寶坊。詩人晝吟山入座，醉客夜愕江撼牀。蜜房各自開牖户，蟻穴或夢封侯王。不知青雲梯幾級，更借瘦藤尋上方。

其二

巖巖匡俗先生廬〔三〕，其下宫亭水所都〔四〕。北辰九關隔雲雨，南極一星在江湖。相黏蠔山作居室，竅鑿混沌無完膚。萬鼓舂撞夜濤湧，驪龍莫睡失明珠。

其三

落星開士深結屋，龍閣老翁來賦詩〔五〕。小雨藏山客坐久，長江接天帆到遲。宴寢清

香與世隔，畫圖妙絶無人知〔六〕。蜂房各自開户牖，處處煮茶藤一枝。〔七〕

〔一〕《外集詩注》作《題落星寺四首》，此爲前三首，第四首爲七絶，見本書《外集》卷十一。

〔二〕宫：《外集詩注》作「官」。

〔三〕匡：原作「正」，據《外集詩注》改，此是避宋太祖諱。

〔四〕宫亭：原作「宫庭」，據《外集詩注》改。宫亭，湖名。

〔五〕自注：「寺僧擇隆作宴坐小軒，爲落星之勝處。」

〔六〕妙絶：原校：「一作絶筆。」自注：「僧隆畫甚富，而寒山拾得畫最妙。」

〔七〕原注：「按當注載公真蹟，以前二首題云《題落星寺嵐漪軒》，第三首題云《題落星寺》。又蜀本石刻前一首題云《落星寺僧請題詩》，而首句略不同，云『游空（天衆）〔大象〕有霣墜』，及『晝吟』作『畫倚』，『江撼牀』作『波撼牀』，『蜜房』作『蜂房』，『牖户』作『户牖』，『青雲梯幾級』作『虚空更幾級』，『瘦藤』作『一藤』。」

2 叔父釣亭 治平三年作

檻外溪風拂面涼，四圍春草自鋤荒。陸沈霜髮爲鈎直，柳貫錦鱗緣餌香。影落華亭千尺月，夢通岐下六州王。麒麟卧笑功名骨，不道山林日月長。

3 次韻胡彥明同年羈旅京師寄李子飛三章一章道其困窮二章勸之歸三章言我亦欲歸耳胡李相甥也故有檳榔之句 元祐三年祕書省作

看除日月坐中銓，一歲應無官九遷。葱韭盈盤市門食，詩書滿枕客牀氈。留連節物孤朋酒，惱亂鄰翁謁子錢。誰料丹徒布衣侶〔一〕，困窮且忍試新年。

其二

丁未同升鄉里賢，別離寒暑未推遷。蕭條羈旅深窮巷，蚤晚聲名上細氈。碧嶂清江元有宅，白魚黃雀不論錢。檳榔一斛何須得，李氏弟兄佳少年。

其三

畏人重禄難堪忍，閱世浮雲易變遷〔二〕。徐步當車饑當肉，鋤頭爲枕草爲氈。元無馬上封侯骨，安用人間使鬼錢。不是朱門争底事，清溪白石可忘年。

〔一〕侶：《外集詩注》作「得」。

〔二〕浮：原作「淨」，據《外集詩注》改。

4 元豐癸亥經行石潭寺見舊和栖蟾詩甚可笑因削柎滅稾别和一章 元豐六年赴德平作

千里追犇兩蝸角，百年得意大槐宫。空餘衹夜數行墨，不見伽梨一臂風。俗眼只如當日白，我顔非復向來紅。浮生不作游絲上，即在塵沙逐轉蓬。〔一〕

〔一〕《外集詩注》：「按《纂異》，一本云：『千里追奔兩蝸角，百年得意大槐宫。夢回身卧竹窗日，院静鵶啼柿葉風。世路侵人頭欲白，山僧笑我頰猶紅。壁間佳句多丘壠，問訊髑髏聊攓蓬。』題云《癸卯歲過宿石潭寺得前朝詩僧栖蟾長句和之歲行二十一重來讀舊詩復用其韻》。按長曆，嘉祐八年歲在癸卯，至元豐六年癸亥二十一年，前詩蓋嘉祐癸卯作。」

5 出迎使客質明放船自瓦窑歸 元豐四年太和作

鼓吹喧江雨不開，丹楓落葉放船回。風行水上如雲過，地近嶺南無雁來。樓閣人家捲簾幕，菰蒲鷗鳥樂灣洄。惜無陶謝揮斤手，詩句縱横付酒杯。

6　次韻奉寄子由〔一〕

半生交親隨逝水〔二〕，幾人圖畫入淩烟。春風春雨花經眼，江北江南水拍天。欲解銅章行問道，定知石友許忘年。脊令各有思歸恨，日月相催雪滿顛。

〔一〕《外集詩注》題作《次元明韻寄子由》。

〔二〕生：《外集詩注》作「世」。

7　再次韻奉答子由

蠆尾銀鈎寫珠玉，剡藤蜀繭照松烟。似逢海若談秋水，始覺醯雞守甕天。何日清揚能覿面，只今黄落又凋年。萬錢買酒從公醉，一鉢行歌聽我顛。

8　再次韻寄子由

想見蘇耽攜手僊，青山桑柘冒寒煙。騏驎墮地思千里〔一〕，虎豹憎人上九天。風雨極知雞自曉，雪霜寧與菌爭年。何時確論傾樽酒，醫得儒生自聖顛〔二〕。

〔一〕騏驎：原作「麒麟」，據《外集詩注》改。《爾雅翼》卷一八：「麒麟善走，故良馬因之爲騏驎也。」

〔三〕自注：「出《素問》。」

9 奉寄子由〔一〕

鐘鼎功名淹筦庫，朝廷翰墨寫風煙。遥知道院頗岑寂，定是壺中第幾天。歷下笑談漫一夢，江南消息又餘年。動心忍性非無意，吏部如今信大顛。

〔一〕按此詩《坡門酬唱集》卷二一題作《黄大臨奉寄子由》。大臨字元明，庭堅兄，則此首乃是黄元明作，上文《次〈元明〉韻奉寄子由》《再次韻奉答子由》二詩即次此詩之韻，此集誤收。

10 奉答元明〔一〕

故人聚散霜前葉，往事渺茫風際煙。游宦一生非有己，隱居萬事不由天。崎嶇檻穽方謀食，笑傲山林肯計年。賴已將心問盧老，相逢他日笑風顛。

〔一〕按此首實即蘇轍《次韻黄大臨秀才見寄》詩（見《欒城集》卷一二），此集誤收。

11 次韻寄上七兄

學得屠龍長縮手，鍊成五色化蒼煙。誰言遊刃有餘地，自信無功可補天。啼鳥笑歌追暇日，飽牛耕鑿望豐年。荷鋤端欲相隨去，邂逅青雲恐疾顛。

12 吉老受秋租輒成長句〔一〕元豐五年太和作

黄花事了緑叢霜，蟋蟀催寒夜夜牀。愛日捃收如盜至，失時鞭撲奈民瘡。田夫田婦肩頳擔〔二〕，江北江南稼滌場。少忍飛糠眯君眼，要令私廩上公倉。〔三〕

〔一〕原注：「吉老名覿，字子範，袁州人。」按此注誤，吉老姓陳，時爲太和丞，《外集》有《次韻喜陳吉老還家二絶》，又有《陳占老縣丞同知命弟游青原……》詩，可證。名覿字子範者自姓李，時爲太和尉，見《外集詩注》卷一一《招吉老子範觀梅花》詩史容注。

〔二〕擔：原作「檐」，據《外集詩注》卷一一改。

〔三〕原注：「按元豐二年子範特奏推(官)〔恩〕爲太和尉。其兄名觀，字夢符，爲清江縣，嘗爲太守作《祭歐公母夫人文》曰：『昔孟軻亞聖，母之教也；今有子如軻，雖死何憾。』文忠公擊節賞之。」

13 再次韻和吉老

今日僕姑晴自語，愁陰前日雪鋪牀。三冬一雨禾頭濕，百斛幾痕牛領瘡。民欲與翁歸作臘，公方無事可開場。相勸凍坐真成惡，愧我偷閒飽太倉。

14 寄黄從善 元祐二年祕書省作

故人千里隔談經，想見牛刀刃發硎。渴雨芭蕉心不展，未春楊柳眼先青。鳧飛葉縣郎官宰，虹貫江南處士星。天子文思求逆耳，吾宗一爲試雷霆。

15 登快閣〔一〕 元豐五年太和作

癡兒了卻公家事，快閣東西倚晚晴。落木千山天遠大，澄江一道月分明。朱絃已爲佳人絶，青眼聊因美酒横。萬里歸船弄長笛，此心吾與白鷗盟。

〔一〕原注：「閣在太和，今有公祠堂。」

16 題息軒 元豐六年太和作

僧開小檻籠沙界，鬱鬱參天翠竹叢。萬籟參差寫明月，一家寥落共清風。蒲團禪板無人付，茶鼎薰鑪與客同。萬水千山尋祖意，歸來笑殺舊時翁。

17 題安福李令朝華亭 元豐五年太和作

丹楹刻桷上峥嶸，表裏江山路眼平〔一〕。曉日成霞張錦綺，青林多露綴珠纓。人如旋磨觀群蟻，田似圍棋據一枰。對案昏昏迷簿領，暫來登覽見高明。

〔一〕路：原校：「一作略。」

18 寄舒申之户曹〔一〕元豐六年太和作

吉州司户官雖小，曾屈詩人杜審言。今日宣城讀書客，還趨手版傍轅門。江山依舊歲時改，桃李欲開煙雨昏。公退但呼紅袖飲，牓傳歌曲教新翻。

〔一〕原注：「申之，名卷。」

19 和七兄山蕷湯 元豐四年太和作

厨人清曉獻瓊糜，正是相如酒渴時。能解饑寒勝湯餅，略無風味笑蹲鴟。打窗急雨知然鼎，亂眼晴雲看上匙。已覺塵生雙井椀，濁醪從此不須持。

20 弈棋二首呈任公漸 熙寧四年葉縣作

偶無公事負朝暄，三百枯棋共一罇。坐隱不知巖穴樂，手談勝與俗人言。簿書堆積塵生案，車馬淹留客在門。戰勝將驕疑必敗，果然終取敵兵翻。

其二

偶無公事客休時，席上談兵校兩棋〔二〕。心似蛛絲遊碧落，身如蜩甲化枯枝。湘東一目誠甘死〔三〕，天下中分尚可持。誰謂吾徒猶愛日，參横月落不曾知。

〔二〕校：原校：「一作角。」

〔三〕甘：原校：「一作堪。」

21 次韻古老寄君庸 元豐六年太和作

何郎生事四立壁，心地高明百不憂。白眼醉來思阮籍，碧雲吟罷對湯休。諸公著力書交上，尺璧深藏價未酬。空使君如巢幕燕，將雛處處度春秋。

22 寄袁守廖獻卿 元豐五年太和作

公移猥甚叢生筍，訟牒紛如蜜分窠。少得曲肱成夢蝶，不堪衙吏報鳴鼉。已荒里社田園了，可奈春風桃李何。想見宜春賢太守，無書來問病維摩。

23 廖袁州次韻見答并寄黄靖國再生傳次韻寄之 元豐六年太和作

春去懷賢感物多，飛花高下罥絲窠。傳聞治境無戾虎，更道豐年鳴白鼉。史筆縱横窺寶、鉉〔一〕，詩才清壯近陰、何。寄聲千萬相勞苦，如倚胡牀得按摩。

〔一〕自注：「干寶作《搜神記》，徐鉉作《稽神録》，當時謂寶鬼之董狐。」

24 袁州劉司法亦和予摩字詩因次韻寄之 元豐六年太和作

袁州司法多兼局，日暮歸來印幾窠。詩罷春風榮草木，書成快劍斬蛟鼉。遥知吏隱清如此，應問卿曹果是何。頗憶病餘居士否，在家無意食蘿摩〔一〕。

〔一〕食：《外集詩注》作「飲」。

25 次韻奉答吉老并寄何君庸

傾懷相見開城府，取意閒談没臼窠。但取吏曹無狡兔，任呼舞女伐靈鼉。屢中甕面酒幾聖，苦憶樽前人姓何。願得兩公俱助我〔二〕，不惟朱墨要漸摩。

〔二〕助我：《外集詩注》作「投報」。

26 次韻奉答廖袁州懷舊隱之詩 元豐五年太和作

詩題怨鶴與驚猨，一幅溪藤照麝煙。聞道省郎方結綬，可容名士乞歸田？嚴安召見天嗟晚，賈誼歸來席更前。何況班家有超、固，應封定遠勒燕然。

27 觀王主簿家酴醾 元豐六年太和作

肌膚冰雪薰沉水，百草千花莫比芳。露濕何郎試湯餅，日烘荀令炷鑪香。風流徹骨成春酒，夢寐宜人入枕囊。輸與能詩王主簿，瑶臺影裏據胡牀。

28 次韻元翁從王夔玉借書

爲吏三年弄文墨，草萊心徑失耕鋤。常思天下無雙祖，得讀人間未見書。公子藏山真富有，小儒捫腹正空虚。何時管鑰入吾手，爲理籤題撲蠹魚。

29 去歲和元翁重到雙澗寺觀余兄弟題詩之篇總忘收録病中記憶成此詩

素琴聲在時能聽，白鳥盟寒久未尋。眼見野僧垂雪髮〔一〕，養親元不顧朱金。開泉浸稻雙澗水，煨筍充盤春竹林。安得一廛吾欲老，君聽莊舄病時吟。

〔一〕雪：四庫本作「白」。

30 登贛上寄余洪範 元豐四年考試南安作

二川來集南康郡，氣味相似相和流。木落山明數歸雁，鬱孤欄楯繞深秋。胸中淳于吞一石，麈下庖丁解十牛〔一〕。它日欲言人不解，西風散髮棹扁舟。〔二〕

〔一〕麈：《外集詩注》作「塵」，史容注：「塵下疑是筆下。」按作「麈」是，此謂余洪範善談辯，如庖丁之解牛也。

〔二〕原注：「按嵤注載公有此詩真蹟云：『胸中淳于吞一石，麈下庖丁解十牛』作『紅衣傳酒傾諸客，清夜中談誇九州』。又有題名數行云：王誠之、柳誠甫、周道甫、魏伯殊、余洪範、徐適道、徐致虛、馬固道、東禪惠老。及有詩一首云：『惠老有才氣，往來三十年。松風沉永日，詩句即深禪。萬水千山裏，長安大道邊。相逢欲留語，此月別時圓。』并附。」

31 同韻和元明兄知命弟九日相憶二首〔一〕

革囊南渡傳詩句，摹寫相思意象真。九日黄花傾壽酒，幾回青眼望歸塵。蚤爲學問文章誤，晚作東西南北人。安得田園可温飽，長抛簪紱裏頭巾。

其二

萬水千山厭問津，芭蕉林裏自觀身。鄰田雞黍留熊也，風雨關河走阿秦。鴻雁池邊照雙影，鶺鴒原上憶三人。年年獻壽須歡喜，白髮黄花映角巾。

〔一〕《外集詩注》注：「山谷有此詩草本真蹟云：『萬重雲裏孤飛雁，只聽歸聲不見身。卻把黄花同悵望，寄傳詩句更清新。』末句『奉親歸製白綸巾』傍注：改。今本『南北』作『南渡』，『兄弟』作『摹寫』，『老作』改『晚作』，次篇『田鄰』作『鄰田』。」

32 題槐安閣 并序

東禪僧進文結小閣於寢室東，養生之具取諸左右而足。彼雖聞中天之臺、百常之觀，蓋無慕嫪之心〔一〕。予爲題曰槐安閣而賦詩。夫據功名之會以嫮姱一世，其與蟻丘亦有辨乎？雖然，陋蟻丘而仰泰山之崇崛，猶未離乎俗觀也。

曲閣深房古屋頭，病僧枯几過春秋。垣衣蛛網蒙窗牖，萬象縱横不繫留。白蟻戰酣千里血，黄粱炊熟百年休。功成事遂人間世，欲夢槐安向此遊。

〔一〕慕嫪：《外集詩注》作「嫪慕」。

33 子範徼巡諸鄉捕逐群盜幾盡輒作長句勞苦行李〔一〕元豐五年太和作

白髮尉曹能挽弓，著鞭跨馬欲生風。乃兄本是文章伯，此老真成矍鑠翁。枹鼓諸村宵警報，牛羊幾處莫牢空。得公萬户開門卧，看取三年最治功〔二〕。

〔一〕鄉：原作「卿」，據《外集詩注》改。

〔二〕最治：《外集詩注》作「治最」。

34 喜太守畢朝散致政

膏火煎熬無妄災，就陰息迹信明哉。功名富貴兩蝸角，險阻艱難一酒杯。百體觀來身是幻，萬夫争處首先回。胸中元有不病者，記得陶潛《歸去來》。〔一〕

〔一〕原注：「按公作《太守畢公墓誌銘》云：元豐五年冬十一月畢公没于理所。」

35 戲贈南安倅柳朝散　元豐四年考試南安作

柳侯風味晚相見，衣袂頗薰荀令香。桃李能言妙歌舞，樽前一曲斷人腸。洞庭歸客有佳句，庾嶺梅花如小棠。乘興高帆少相待，淮湖江月要傳觴〔一〕。

〔一〕江月：《外集詩注》作「秋月」。

36 次韻君庸寓慈雲寺待韶惠錢不至〔一〕　元豐五年太和作

主簿看梅落雪中，閨人應賦首飛蓬。問安兒女音書少，破笑壺觴夢寐同。馬祖峰前青未了，鬱孤臺下水如空。江山信美思歸去，聽我勞歌亦欲東。

〔一〕原注：「君庸，太和簿。」

37 次韻奉答存道主簿

主簿朝衣如敗荷，高懷千尺上松蘿。旅人争席方歸去，秋水黏天不自多。學到會時忘粲可，詩留別後見羊何。向來四海習鑿齒，今日期君不啻過。

38 題神移仁壽塔 元豐六年太和作

十二觀音無正面，誰令塔户向東開。定知四梵神通力，曾借六丁風雨推。蠅説冰霜如夢寐，鷄聞鐘鼓亦驚猜。從今不信維摩詰〔一〕，斷取三千世界來。

〔一〕不：四庫本作「一」。

39 送高士敦赴成都鈐轄二首之一〔一〕 元祐三年祕書省作

玉鈐金印臨參井，控蜀通秦四十州。日下書來望鴻雁，江頭花發醉貔貅。巴滇有馬駒空老，林菁無人葉自秋。能爲將軍歌此曲，鳴機割錦與纏頭。

〔一〕原注：「次首五律别編。」按次首見本書《外集》卷八。原無「之一」二字，徑補。

40 次韻漢公招七兄 元豐五年太和作

白髮霏霏雪點斑，朱櫻忽忽鳥銜殘。公庭休吏進湯餅，語燕無人窺井欄。詩句多傳知有暇，道人相見不應難。老郎親屈延處士，風味依稀如姓桓〔一〕。

〔二〕自注：「桓沖禮處士劉璘之、鄭粲甚厚。」

41 元明題哥羅驛竹枝詞〔一〕紹聖二年黔州作

尺五攀天天慘顔，鹽煙溪瘴鎖諸蠻。平生夢亦未嘗處，聞有鵶飛不到山。

風黑馬跪驢瘦嶺，日黄人度鬼門關。黔南去此無多遠，想在夕陽猿嘯間。

〔一〕按：據題，此當是山谷兄元明于此年送山谷入黔中時所作，附於山谷集中。山谷宿哥羅驛自有《竹枝詞》，見《正集》。又此詩《山谷全書》只作一首連排，而《竹枝詞》之體皆爲四句，似七言絶句，今分作二首。

42 題李十八知常軒 元祐四年祕書省作

身心如一是知常，事不驚人味久長。蓋世功名棋一局，藏山文字紙千張。無心海燕窺金屋，有意江鷗傍草堂。驚破南柯少時夢，新晴鼓角報斜陽。

43 次韻奉答吉鄰機宜

黠虜乘秋屢合圍，上書公獨請偏師。庭中子弟芝蘭秀，塞上威名草木知。千里折衝深寄此，三衙虚席看除誰。與公相見清班在，仁祖重來築舊基。

44 送曹黔南口號 元符元年戎州作

摩圍山色醉今朝，試問歸程指斗杓。荔子陰成棠棣愛，竹枝歌是去思謡。陽關一曲悲紅袖，巫峽千波怨畫橈。歸去天心承雨露，雙魚來報舊賓僚。

45 清明 熙寧元年家居作

佳節清明桃李笑，野田荒壠只生愁。雷驚天地龍蛇蟄，雨足郊原草木柔。人乞祭餘驕妻妾〔一〕，士甘焚死不公侯。賢愚千載知誰是，滿眼蓬蒿共一丘。

〔一〕妻妾：《外集詩注》作「妾婦」。

46 元明留別〔一〕 崇寧四年宜州作

桄榔笋白映玉箸，椰子酒清宜具觴。市井衣裘半夷夏，陰晴朝暮變炎涼。莫推月色共千里，不寄江南書一行。無賴笳聲上雲漢，曉來偏繞九回腸。

〔一〕按此詩亦當是元明所作。《正集》卷二十有山谷《宜陽别元明用觴字韻》，此亦用同韻，蓋兄弟唱和贈别。

47 二月丁卯喜雨吴體爲北門留守文潞公作 熙寧九年北京作

乘輿齋祭甘泉宫，遣使駿奔河岳中。誰與至尊分旰食，北門卧鎮司徒公。微風不動天如醉〔一〕，潤物無聲春有功。三十餘年霖雨手，淹留河外作時豐。

〔一〕自注：「是時太母閔雨勤甚。」

五言排律

48 歲寒知松柏〔一〕 元祐三年祕書省作

松柏天生獨，青青貫四時。心藏後凋節，歲有大寒知。慘淡冰霜晚，輪囷澗壑姿。或容螻蟻穴，未見斧斤遲。摇落千秋静，婆娑萬籟悲。鄭公扶貞觀，已不見封彝。

〔一〕原注：「此題有二首，一登《正集》。」按見《正集》卷第七。

49 效進士作觀成都石經詩

成都九經石，歲久麝煤寒。字畫參工拙，文章可鑒觀。危邦猶勸講，相國校鋼刊。群盜煙塵後，諸生竹帛殘。王春尊孔氏〔一〕，乙夜詔甘盤。願比求諸野，成書上學官。

〔一〕王春：原作「三春」，據《外集詩注》改。

50 送楊瓘雁門省親二首之一〔一〕元豐二年北京作〔二〕

蜀客出衰世，獨升鄒魯堂。蚊虻觀得失，虎豹擅文章。吾子已强學，草玄宜不忘。江河須畎澮，松柏要冰霜。馬策路千里，雁門書數行。旨甘君有婦，尺璧愛分光。

〔一〕自注：「從予學《易》，業未成，辭歸。」

〔二〕原注：「其一七排。」按：此爲原詩第二首，其第一首見本卷後文。

51 次韻曾都曹喜雨〔一〕元豐六年太和作

水旱國代有，人神理本通。偏雩祠小大，敢指蜺雌雄。地厭焚恢極，天回顧盼中。蛟龍起乖卧，星斗晦澄空。雲挾雷聲走，江翻電腳紅。寵光歸稼穡，滴瀝在梧桐。詖訟猶相及，時霖恐未豐。潔齋蘄得歲，同病託諸公。

〔一〕曾：原無，據《外集詩注》補。

52 太和奉呈吉老縣丞

山擁鳩民縣，江横決事廳。士風尊健訟〔一〕，吏道要繁刑。鮭䲊今無種，蒲盧教未形。里多齊矙氏〔二〕，材謝宋庖丁。令尹三年課，斯人萬物靈。吾方師豈弟，僚友助丹青。

〔一〕士：《外集詩注》作「士」。

〔二〕矙：原作「瞯」，據《外集詩注》改。自注：「矙氏，《漢書》音閑，而今濟南舊家有此姓，音諫也。」

七言排律

53 送楊瓘雁門省親二首之一〔一〕

執戟老翁年七十，人看生理亦無聊。草《玄》事業窺《周易》，作賦聲名動漢朝。今見遠孫勤翰墨，還持遺稿困簞瓢。三年鄉校趨晨鼓〔二〕，一日邊城聽夜刁。野飯盈盤厭葱韭，春風半道解狐貂。歸時定倒迎門屣，問雁安能學度遼。

〔二〕原注：「注釋見前五排。」

〔三〕校：原作「杖」，據《外集詩注》改。

宋黄文節公全集·外集卷第十一

詩

五言絶句

1 題畫鵝〔一〕元祐二年祕書省作

駕鵝引頸回，似我胸中字。右軍數能來，不爲口腹事。〔二〕

〔一〕以下二首，《外集詩注》合爲一題，作《題畫鵝雁》二首。

〔二〕《外集詩注》注引《王立之詩話》曰：「古人有詩（云云），或曰山谷詩，非也。」

2 題畫雁

水國鴻雁秋，煙沙風日麗。莫遣角弓鳴，驚飛不成字。

3 送六十五弟貢南歸 元祐元年祕書省作

風驚鴻雁行，吹落秋江上。爲掃碧巖邊，問叔今無恙。

4 十四弟歸洪州賦莫如兄弟四章贈行 元符三年戎州作

惱人自作樂，休休莫莫莫。相看將白頭，止有不如昨。

其二

北來哺慈烏，南歸護爾雛。昨夜雲飛雁，相隨我不如。

其三

志欲收九族，別離乃同生。誰能成此意，惟有孔方兄。

其四

大夫無恙時〔一〕，刻意教子弟。歸掃松楸下，灑我萬里涕。〔二〕

〔一〕大夫：四庫本作「大父」。

〔二〕原注：「按十四弟即天民。」

5 荆州即事藥名詩八首 建中靖國元年寓荆南作

四海無遠志，一溪甘遂心。牽牛避洗耳，卧著桂枝陰。

其二

前湖後湖水，初夏半夏涼。夜闌鄉夢破，一雁度衡陽。

其三

千里及歸鴻，半天河影東。家人森户外，笑擁白頭翁。

其四

天竺黄卷在，人中白髮侵。客至獨掃榻，自然同此心。

其五

垂空青幕六，一一排風開。石友常思我，預知子能來。

其六

幽澗泉石緑，閉門聞啄木。運柴胡奴歸，車前挂生鹿。

其七

雨如覆盆來，平地没牛膝。回望無夷陵，天南星斗濕。

其八

使君子百姓，請雨不旋復。守田意飽滿，高壁掛龍骨。

6 自咸平至太康鞍馬間得十小詩寄懷晏叔原并問王稚川行李鵝兒黄似酒對酒愛新鵝此他日醉時與叔原所詠因以爲韻〔一〕元豐二年赴太和作

詩入雞林市，書邀道士鵝。雲間晏公子，風月興如何。

其二

春風馬上夢，樽酒故人持。猶作狂時語〔二〕，鄰家乞侍兒〔三〕。

其三

憶同嵇阮輩，醉卧酒家牀。今日鑪邊客，初無人姓黄。

其四

對酒誠獨難，論詩良不易。人生如草木，臭味要相似。

其五

春色挾曙來，惱人似官酒。酬春無好語，懷我文章友。

其六

紅梅定自開，有酒無人對。歸時應好在，常恐風雨晦。

其七

東南萬里江，緑盡一杯酒〔四〕。王孫江南去，更得消息否。

其八

獻笑果不情，貌親初不愛。誰言百年交，投分一傾蓋。

其九

四十垂垂老，文章豈更新。鼻端如可斲，猶擬爲揮斤。

其十

土氣昏風日，人囂極雁鵝。尋河著繩墨〔五〕，詩思略無多。

〔一〕原注：「咸平、太康皆汴京屬邑，在東南，正公歸江南之路。」

〔二〕時：原作「詩」，據《外集詩注》改。

〔三〕自注：「稚川醉時有（《外集詩注》作『作』）傍午狀。」

〔四〕盡：《外集詩注》作「浄」。

〔五〕著：原注：「音斫。」

7 陪謝師厚遊百花洲槃礴范文正祠下道羊曇哭謝安石事因讀生存華屋處零落歸山丘爲十詩 元豐元年北京作

憶在昭陵日，傾心用老成。功歸仁祖廟，正得一書生。

其二

羊生但著鞭，勿哭西州門。故有不亡者，南山相與存。

其三

慶州自不惡，籍甚載聲華。忠義可無憾，公今有世家。

其四

公歸未百年，鸛巢荒古屋。我吟殄瘁詩，悲風韻喬木。

其五

傷心祠下亭，在時公燕處。臨水不相猜，江鷗會人語。

其六

公有一杯酒，與人同醉醒。遺民能記憶，欲語涕飄零。

其七

委徑問謡俗，高丘省佃作。昔遊非苟然，今花幾開落。

其八

在昔實方枘，成功見圓機。九原尚友心，白首要同歸。

其九

人去洲渚在，春回花草班。清談值淵對，發興如江山。

其十

落日銜城璧，祠東更一遊。悲來惜酒少，安得董糟丘。

8 竹下把酒 元豐元年北京作

竹下傾春酒，愁陰爲我開。不知臨水語，更得幾回來。

9 次韻吉老十小詩 元豐六年太和作

十襲發硎刀，無名自貴高。秋衣猶葛製，午飯厭溪毛。

其二

萬木霜搖落，山呈斧鑿痕。癡蠅思附尾，驚鶴畏乘軒〔一〕。

其三

日短循除廡，溪寒出臼科。官居圖畫裏，小鴨睡枯荷。

其四

眼看人换世，手種木成陰。藏拙無三窟，談禪劇七禽。

其五

寒水幾痕落，秋山萬竅號。紅梨啄烏鵲，殘菊掛蠨蛸。

其六

佳人斗南北，美酒玉東西。夢鹿分真鹿，無雞應木雞。

其七

斲鼻昔常爾，絶絃知者稀。無人與爭長，惟有釣魚磯。

其八

茵席絮翦藺，枕囊收決明。南風入晝夢，起坐是松聲。

其九

半菽一瓢飲，懸鶉百結衣。蕭條鬼不瞰，聊可與同歸。

其十

學似斲輪扁，詩如飯顆山。室中餘一劍，無氣斗牛間。

〔一〕驚：《外集詩注》作「警」。

10 立春

韭苗香煮餅，野老亦知春〔一〕。看鏡道如咫，倚樓梅照人。

〔一〕亦：《外集詩注》作「不」。

11 題海首座壁

騎虎度諸嶺，入鷗同一波。香寒明鼻觀，日永稱頭陀。

12 題花光爲曾公卷作水邊梅 崇寧三年宜州作

梅蕊觸人意，冒寒開雪花。遥憐水風晚，片片點汀沙。

13 贈吴道士 元符三年戎州作

吴仙十二棋〔一〕，一擊玄關應。探人懷中事，如月入清鏡。

〔一〕仙：《外集詩注》作「山」。

六言絶句

14 次韻舍弟題牛氏園二首 元祐三年祕書省作

春與園林共晚〔一〕，人將蜂蝶俱來。樽前鳥歌花舞，歸路星翻漢回。

其二

春事欲了鶯催，主人雖貧燕來。玉燭傳杯未厭，金吾静夜驚回〔二〕。

〔一〕晚：四庫本作「催」。

〔二〕静夜：《外集詩注》校：「諸本或作晝夜，或作盡夜。今定爲静夜。」

15 從丘十四借韓文二首 元豐三年赴太和作

吏部文章萬世，吾求善本編窺。散帙雲窗棐几，同安得見丘遲。

其二

中有先君手澤，丹鉛點勘書詩。莫惜借行千里，他日還君一鴟。

16 題馬當山魯望亭四首〔一〕 元豐三年赴太和作

馬當一曲孤煙，人物於今眇然。不見繞籬黄菊，誰收種秫圭田〔二〕。右陶靖節〔三〕

其二

鯨波横流砥柱，虎口活國宗臣。小屈絃歌百里〔四〕，不誣天下歸仁〔五〕。右狄梁公

其三

不見魯公斷石，誰家爲礎爲杠。筆法錐沙屋漏，心期曉日秋霜。右顔魯公

其四

笠澤道人高古，文章白髮蕭條〔六〕。欲問勒銘遺墨，應書水府鮫綃。右陸魯望

〔一〕《外集詩注》載山谷自注：「彭澤舊治所。」
〔二〕原校：「一作『有地自荒秔稻，無人更與酒錢』。」
〔三〕右陶靖節：《外集詩注》作「右元亮」。
〔四〕小屈：《外集詩注》校：「一作少日。」
〔五〕不誣：原校：「一作莫言。」
〔六〕原校：「一作『文章歲寒後彫』。」

17 題子瞻書詩後 元祐三年祕書省作

詩就金聲玉振，書成蠆尾銀鉤。已作青雲直上，何時散髮滄洲。

18 戲贈高述〔一〕

江湖心計不淺，翰墨風流有餘。相期乃千載事，要須讀五車書。

〔二〕「高述」下《外集詩注》有「六言」二字。

七言絶句

19 **贈朱方李道人** 元豐六年太和作

顴骨橫穿壽門過，年比數珠賸三顆。横吹鐵笛如怒雷，國初舊人惟有我。

20 **三月乙巳來賦鹽萬歲鄉且蒐獮匿賦之家晏飯此舍遂留宿是日大風自采菊苗薦湯餅二首**〔一〕元豐五年太和作〔二〕

飛廉決雲開白日，頓撼天地萬竅號。挼莎桃李欲浄盡，乞與游絲百尺高。

其二

幽叢秀色可攬擷，煮餅菊苗深注湯。飲冰食蘗浪自苦，摩挲滿懷春草香。

〔一〕飯：《外集詩注》作「飲」。

〔三〕原注：「萻注：按别本『湯餅』下有『紅藥盛開』四字，且有三首。其三云：『春風一曲花十八，拚得百醉玉東西。露葉煙枝見紅藥，猶似舞餘和汗啼。』」

21 幾復寄檳榔且荅詩勸予同種復次韻寄之

少來不食蟻丘漿，老去得意漆園方。鑑中已失兒時面，忍能乞與兵作郎。

22 戲題曾處善尉廳二首 元豐六年太和作

雞塒啄雁如駕鵝，萬里天衢且一波。宫錦絡衫弓石八，與人同狀不同科。右超然臺

其二

茅茨中安一牀寂，天女元非世間色。道人今日八關齋〔一〕，莫散花來染衣裓。右不動菴

〔一〕八：原作「入」，據《外集詩注》改。

23 從王都尉覓千葉梅云已落盡戲作嘲吹笛侍兒 元祐三年北京作

若爲可耐昭華得〔一〕，脱帽看髮已微霜。催盡落梅春已半，更吹三弄乞風光。

〔二〕若：原作「昔」，原校：「昔一作若。」《外集詩注》作「若」，據改。

24 題李夫人偃竹

孤根偃蹇非傲世，勁節癯枝萬壑風。閨中白髮翰墨手，落筆乃與天同功。

25 題落星寺〔一〕 元豐三年赴太和經南康作

北風吹倒落星寺，吾與伯倫俱醉眠。螟蛉蜾蠃但癡坐，夜寒南北斗垂天。

〔一〕按此爲《題落星寺四首》之第四首，前三首見本書《正集》卷十。《外集詩注》注云：山谷真蹟此首題作《往與道純醉卧嵐漪軒夜半取燭題壁間》。又有蜀本石刻，題作《醉書落星寺壁時與劉道純同飲二僧在焉》。

26 題大雲倉達觀臺二首 紹聖元年陳留俟命作

戴郎臺上鏡面平，達人大觀因我名。何時燕爵賀新屋，喚取《竹枝》歌月明。

其二

瘦藤拄到風煙上，乞與遊人眼豁開。不知眼界闊多少，白鳥飛盡青天回。〔一〕

〔一〕原注：「按畓注載公有手書石刻跋云：『永利禪寺東邊，遵微徑，攀古松，登高丘，四達而平，所瞻皆數百里間。其地主曰戴器之，因名曰達觀臺，而屬器之築屋於其上。器之欣然曰：敢不諾。因爲作二詩。踰旬屋成，器之置酒，命歌舞者二三，時與鎮官蘇臺、范光祖同賞焉。余既去。越三年，聞器之以疾不起，但增感歎爾。山徑荒蕪，好事者遠聞而來，或不得一登而去，問其故，曰：更數尉，以爲臺上窺見其室家，故鍵閉而藏其鑰。余笑曰：人家不過五七婦女，亦當在室屋中作女工事，豈常鋤耘於後圃耶？州西醽池寺，僧伽浮屠高三百六十尺，下見親賢宅，旁見禁中，游人以時登，未聞官典其鑰也。岳陽樓下瞰郡官數家，游者無虚日，特未之思耶？余流落夔、梓間，九年而歸，見智〔遠〕長老莊嚴此院（按：「遠」字據《外集詩注》補），甚有意思，而詩以經元符間掊擊不存。臺上石刻，聞尉公密令彎生碎之。復來求本，故書遺之，并紀敘鍵閉游人之意，冀諸識者能思之耳。崇寧元年五月朔書。』」

27 題山谷大石

畏畏隹隹石谷水〔一〕，鼕鼕隆隆山木風。鑪香四百六十載，開山者誰梁寶公。

〔一〕隹：原作「佳」，據《外集詩注》改。「畏」原注「音委」。「隹」原注「音觜」。

28 題前定録贈李伯牖二首 元豐六年太和作

五賊追奔十二宫，白頭寒士黑頭公。明朝一飯先書籍，安用研桑作老翁。

其二

萬般盡被鬼神戲，看取人間傀儡棚。煩惱自無安腳處，從他鼓笛弄浮生。

29 駐輿遣人尋訪後山陳德方家 元豐三年赴太和作

江雨濛濛作小寒，雪飄五老髮毛班。城中咫尺雲横棧，獨立前山望後山。

30 揚州戲題 元豐七年赴德平道經揚州作

春風十里珠簾捲，彷彿三生杜牧之。紅藥梢頭初繭栗，揚州風物鬢成絲。

31 睡起 熙寧四年葉縣作

彷彿江南一夢中，虚堂盡日轉温風。春深稍覺裌衣重，晝永不知樽酒空。

32 倉後酒正廳昔唐林夫謫官所作十一月己卯余納秋租隔墻芙蓉盛開 元豐五年太和作

攀檻朱雲頭未白，不知流落向何州。空餘前日學書地，小閣紅蕖取意秋[一]。

〔一〕自注：「林夫喜作隸字。」

33 乞猫〔一〕元豐三年北京作

秋來鼠輩欺貓死，窺甕翻盤攪夜眠。聞道貍奴將數子，買魚穿柳聘銜蟬。

〔一〕原注：「山谷手書此詩，題云《從隨主簿乞貓》。」

34 書扇

魯公筆法屋漏雨，未減右軍錐畫沙。可惜團團新月面，故教零亂黑雲遮。

35 催公静碾茶元豐元年北京作

雪裏過門多惡客〔一〕，春陰只惱有情人。睡魔正仰茶料理，急遣溪童碾玉塵。

〔一〕自注：「不飲者爲惡客，出《元次山集》中。」

36 用前韻戲公静

偶逢攜酒便與飲，竟别我爲何等人。兔月龍團不當惜，長卿消渴肺生塵。

37 和謝公定河朔漫成八首

急雨長風溢兩河，欣然河伯順風歌。行觀東海方存少，不以黄流更自多。

其二

直渠殺勢煩才吏，機器爬沙聚水兵。河面常從天上落，金隄千里護都城。

其三

直令南越還歸帝，誰爲匈奴不敢王。願見摧財多卜式，未須算賦似桑羊。

其四

萊公廟略傳耆舊，韓令風流在井疆。安用鳴鼙增漢壘，不妨羅拜下諸羌。

其五

漢時水占十萬頃，官寺民居皆濁河。豈必九渠亡故道，直緣穿鑿用功多。

其六

虜庭數遣林牙使，羌種來窺雁塞耕。壯士看天思上策，月邊鳴笛爲誰横。

其七

蛛蒙黄畫屏初暗，塵澀金門鎖不開。六十餘年望瑪輦，赭袍曾是映宫槐。

其八

百里棄疆王自置〔一〕，萬金捐費物皆春。須令牧馬甘踰幕，更遣彎弓不射人。

〔一〕置：原作「直」，據《外集詩注》改。

38 武陵

武陵樵客出桃源，自許重遊不作難。卻覓洞門煙鎖斷，歸舟風月夜深寒。

39 謝曉純送衲襪 熙寧四年葉縣作

剗草曾升馬祖堂，暖窗接膝話還鄉。贈行百衲兜羅襪，處處相隨入道場。

40 避暑李氏園二首 元祐三年祕書省作

李侯別館鎖春陰，花徑吹香可細尋。迸筍侵階藤倒架，主人重爲費千金。

其二

荷氣竹風宜永日，冰壺涼簟不能回。題詩未有驚人句，會喚謫仙蘇二來。

41 戲題大年防禦蘆雁

揮毫不作小池塘，蘆荻江村落雁行。雖有珠簾藏翡翠，不忘煙雨罩鴛鴦。

42 平原宴坐二首〔一〕元豐元年北京作〔二〕

老作儒生不解事，江南有田歸荷鉏。北窗風來舉書葉，猶自勸人勤讀書〔三〕。

其二

黄落委庭觀九州，蟲聲日夜戒衣裘。金錢滿地無人費，一斛明珠薏苡秋〔四〕。

〔一〕題下原有「公擇」二小字，據《外集詩注》卷一四删。《外集詩注》云：「此詩題下注『公擇』二字，詩意殊不相涉，蓋本注於舊集《謝送宣城筆》，而後人誤寘於此，今去之。」

〔三〕原注：「按醬注載蜀中詩刻公真蹟題作《平原郡齋》，而詩句亦與此小異，云（略。按：見本書《補遺》卷一）。平原屬德州，德與齊接境。」

〔三〕自：《外集詩注》作「似」。

〔四〕宋阮閲《詩話總龜》卷九載，山谷曾題刑敦夫扇云：「黄落委庭觀九州，小蟲催女獻功裘。金錢滿地無人費，一斛明珠薏苡秋。」與此處所録小異。

43 以金沙酴醾送公壽〔一〕 熙寧五年汴京作

天遣酴醾玉作花，紫綿揉色染金沙。憑君著意樽前看，便與春工立等差。

〔一〕《外集詩注》注：「山谷嘗有跋云：『余與宗室越宫有葭莩，故曩時與宣州院公壽、景珍嘗共文酒之樂。』」

44 同劉景文遊郭氏西園因留宿 元祐二年祕書省作

人居城市虚華館，秋入園林著晚花。落日臨池見蝌斗，必知清夜有鳴蛙。

45 張仲謀家堂前酴醾委地 熙寧四年葉縣作

沈水衣籠白玉苗，不蒙湔拂苦無聊。煩君斫取西莊柳，扶起春風十萬條。

46 贈陳元輿祠部〔一〕元豐二年北京作

武成園木鎖中秋，久得汀州刺史遊。招喚丁寧方邂逅，誰言天網漏吞舟。

〔一〕原注：「元輿名軒。」

47 和陳君儀讀太真外傳五首

朝廷無事君臣樂，花柳多情殿閣春。不覺胡雛心暗動〔一〕，綺羅翻作墜樓人〔二〕。

其二

扶風喬木夏陰合，斜谷鈴聲秋夜深。人到愁來無處會，不關情處總傷心。

其三

梁州一曲當時事〔三〕，記得曾拈玉笛吹。端正樓空春晝永，小桃猶學澹燕支。

其四

高麗條脱琱紅玉〔四〕，邏沙琵琶撚緑絲〔五〕。蛛網屋煤昏故物〔六〕，此生惟有夢來時。

其五

上皇曾御昭儀傳，鏡裏觀形只眼前。養得禄兒傾四海，千秋更有一伶玄。

〔一〕原校：「一作付與山河買忠義（按「忠」原作「志」，據《外集詩注》改）。」
〔二〕翻：原校：「一作更。」
〔三〕當時事：原校：「一作開元夢。」
〔四〕原校：「一作一雙條脱玻璃玉。」
〔五〕原校：「一作三尺琵琶緑繭絲。」
〔六〕昏故物：原校：「一作脂澤歇。」

48 雜詩

古風蕭索不言歸，貧賤交情富貴非。世祖本無天下量，子陵何慕釣魚磯。

49 同謝公定攜書浴室院汶師置飯作此 元祐元年祕書省作

竹林風與日俱斜，細草猶開一兩花。天上歸來對書客〔一〕，愧勤僧飯更煎茶。

〔一〕客：原校：「一作卷。」

50 謝人惠茶

一規蒼玉琢蜿蜒，藉有佳人錦段鮮。莫笑持歸淮海去，爲君重試大明泉。

51 暮到張氏園和壁間舊題

邵平不見見園瓜，三徑還尋二仲家。莫道暫來無所得，未秋先已碧蓮華。

52 從人求花

舍南舍北勃姑啼，體中不佳陰雨垂。欲向黄梅問消息，背陰合有兩三枝。

53 寄家 元豐七年赴德平作

近别幾日客愁生，固知遠别難爲情。夢回官燭不盈把，猶聽嬌兒索乳聲。

54 酒 元豐二年北京作

江形圜似阮家盆，山勢岑如北海樽。户有浮蛆春盎盎，雙松一路醉鄉門。

55 急雪寄王立之問梅花 元祐三年祕書省作

紅梅雪裏與蓑衣，莫遣寒侵鶴膝枝。老子此中殊不淺，尚堪何遜作同時。

56 又寄王立之

南人羈旅不成歸，夢遶南枝與北枝。安得孤根連夜發，要當雪月並明時。

宋黄文節公全集·外集卷第十二

詩

七言絶句

1 杜似吟院二首 元祐三年祕書省作

日長吟院無公事，燕入花開必有詩。莫道南風吹雁去，春來亦有北風時。

其二

吟院虚明如畫舫，想成檻外是長江。杜郎忽作揚州夢，雨帶風沙打夜窗。

2 楊朴墓 元豐二年北京作

三尺孤墳一布衣，人言無復似當時。千秋萬歲還來此，月笛煙莎世不知〔一〕。

〔一〕自注：「楊朴喜吹笛，嘗作《莎詩》極工。」

3 次韻李士雄子飛獨遊西園折牡丹憶弟子奇二首〔一〕 元祐三年祕書省作

西園春色才桃李，蜂已成圍蝶作團。更欲開花比京洛，放教姚魏接山丹。

其二

桃李陰中五兄弟，扶將白髮共傳盃。風吹一雁忽南去，空得平安書信回。

〔一〕據黄嵤《年譜》及《外集詩注》，舊本收此詩共三首，其前二首本書别收入《補遺》卷一；其第三首即此處之第一首，而題作《再和子飛寄子奇》。

4 戲和舍弟船場探春二首

雨餘禽語催天曉，月上梨花放夜闌。莫聽遊人待妍暖，十分傾酒對春寒。

其二

百舌解啼泥滑滑，忽成風雨落花天。城南一段春如錦，喚取詩人到酒邊。

5 戲答李子真河上見招來詩頗誇河上風物聊以當嘲云 元豐元年北京作

渾渾舊水無新意，漫漫黄塵涴白鷗。安得江湖忽當眼，卧聽禽語信船流。

6 同景文丈詠蓮塘 元祐二年祕書省作

塘上鈎簾對晚香，半斜風日已侵牀。江妃羞出凌波韈，長在高荷扇影涼〔一〕。

〔一〕涼：原校：「當作藏。」

7 次韻題粹老客亭詩後 元豐二年北京作

客亭長短路南北，衮衮行人那得知。惟有相逢即相別，一杯成喜只成悲。

8 次韻謝公定王世弼贈答二絶句 元豐元年北京作

何用苦吟肝腎愁，但知把酒更無憂。聲名本不關人事，看取青門一故侯。

其二

酒因咀嚼還知味，詩就呻吟不要工。王謝風流看二妙，病夫直欲卧牆東。

9 李右司以詩送梅花至潞公予雖不接右司想見其人用老杜和元次山詩例次韻 熙寧九年北京作

凡花俗草敗人意，晚見瓊蕤不恨遲。江左風流尚如此，春功終到歲寒枝。

10 百花洲雜題 元豐二年北京作

范公種竹水邊亭，漂泊來游一客星。神理不應從此盡，百年草樹至今青。

11 砌臺晚思

目極江南千里春，誰令灑筆可招魂。向人猶作故時面，翠竹蒼烟一萬根。

12 夜發分寧寄杜澗叟 元豐六年赴德平作

陽關一曲水東流，鐙火旌陽一釣舟。我自只如常日醉，滿川風月替人愁。

13 上蕭家峽 元豐四年太和作

玉笥峰前幾百家，山明松雪水明沙。趁虚人集春蔬好，桑菌竹萌煙蕨芽〔一〕。

〔一〕原校：「晚年本云：趁虚人在煙中語，荷蓧歸來有蕨芽。」

14 何蕭二族

西漢功名相國多，南朝人物數諸何。向來富貴喧天地，亦有文章在澗阿。

15 魏夫人壇

獨掃蛾眉作遠山，春風瑶草照朱顔。我來欲問許玉斧，二十四峰如髻鬟。

16 隱梅福處

吴門不作南昌尉，上疏歸來朝市空。笑拂巖花問塵世，故人子是國師公。

17 蕭子雲宅

郁木阬頭春鳥呼，雲迷帝子在時居。風流掃地無尋處，只有寒藤學草書。

18 避秦十人

九真承詔上龍胡，盡是驪山所送徒。惟有鄧公留不去，松根檜鼎煮菖蒲。

19 黄雀

牛大垂天且割烹，細微黄雀莫貪生。頭顱雖復行萬里，猶和鹽梅傅説羹。

20 到官歸志浩然二絶句

雨洗風吹桃李浄，訟聲聒盡烏鶯春。滿船明月從此去，本是江湖寂寞人。

其二

烏烏未覺常先曉〔一〕，筍蕨登盤始見春。斂手還他能者作，從來刀筆不如人。

〔一〕烏烏：四庫本作「烏鳴」。

21 送酒與畢大夫 元豐五年太和作

淺色官醅昨夜篘，一樽聊付卯時投。甕邊吏部應歡喜，殊勝平原老督郵。

22 招吉老子範觀梅花

播糠眯眼丞良苦，鳴鼓連村尉始歸。及取江梅來一醉，明朝花作玉塵飛。

23 從時中乞蒲團〔一〕

撲屋陰風雪作團，織蒲投我最宜寒〔二〕。君當自致青雲上，快取金狨覆馬鞍。

〔二〕《外集詩注》注：「《纂異》，蜀本作《謝時中送蒲團》，云：『織蒲投我最宜寒，正欲陰風雪作團。方竹火鑪趺坐穩，何如矍鑠據征鞍。』與今本句多不同。詳詩意是謝送蒲團，今本題作《從時中乞蒲團》，疑有誤。」

〔三〕最：原作「勖」，據《外集詩注》改。

24 再答余洪範二首之一〔一〕

懸罄齋厨數米炊，貧中氣味更相思。可無昨日黄花酒，又是春風柳絮時。

〔一〕原注：「其一入五律。」按第一首見《外集》卷八，題無「再」字。

25 歐陽從道許寄金橘以詩督之〔一〕元豐六年太和作

禪客入秋無氣息，想依紅袖醉毰毸。霜枝摇落黄金彈，許送筠籠殊未來。

〔一〕自注：「從道參禪，嘗有言句來，頗聞數從歌舞飲，故及之。」

26 黄幾復自海上寄惠金液三十兩且曰唯有德之士宜享將以排蕩陰邪守衛真火幸不以凡物畜之戲答 元豐五年太和作

皺面黄鬚已一翁，樽前猶發少年紅。金丹乞與煩真友，只恐無名帝籍中。

27 侯尉家聽琵琶

舫齋蒼竹雨聲中，一曲琵琶酒一鍾。恰似潯陽江上聽，只無明月與丹楓。

28 聞吉老縣丞按田在萬安山中〔一〕元豐六年太和作

苦雨初聞喚婦鳩，紅妝滿院木蕖秋。樽前不記崔思立，應在諸山最上頭。

〔一〕原注：「萬安，太和鄰邑。」

29 次韻喜陳吉老還家二絶

公庭無事吏人休，垂箔寒廳對弈秋。催織青籠篘白酒，竹罏煨栗煮雞頭。

其二

夜寒客枕多歸夢，歸得黄柑紫蔗秋。小雨對談揮麈尾，青鐙分坐寫蠅頭。

30 再次韻和答吉老二首

水宿風餐甚勞苦，勉旃吾子富春秋。我愧疲民欲歸去，麥田春雨把鋤頭。

其二

賢勞王事一歸休，霜落園林失九秋。想得君家烏鵲喜，蛛絲縈繞玉搔頭。

31 雙澗寺二首[一] 元豐四年太和作

二水奔奔鳴屋除，松林落日吼於菟。老僧更有百歲母，白髮身爲反哺烏。

其二

山陿江深屋翠崖，夜鐘聲自甕中來。長松偃蹇蒼龍卧，六月澗泉轟怒雷。

〔一〕原注：「寺在太和境内。」

32 酴醾 元豐六年太和作

漢宫嬌額半塗黄，入骨濃薰賈女香。日色漸遲風力細，倚欄偷舞白霓裳。

33 奉答李和甫代簡二絶句

山色江聲相與清，卷簾待得月華生。可憐一曲並船笛，説盡故人離别情。

其二

夢中往事隨心見，醉裏繁華亂眼生。長爲風流惱人病，不如天性總無情。

34 北窗 元祐四年祕書省作

生物趨功日夜流，園林才夏麥先秋。緑陰黄鳥北窗簟，付與來禽安石榴。

35 洪範以不合俗人題廳壁二絶句次韻和之 元豐四年太和作

寂寥吾道付萬世，忍向時人覓賞音。搔首金城西萬里，樽前從此嘆人琴〔一〕。

其二

埋没高才築釣間，風雲未會要鯢桓。南康郡下參軍耳，付與紅塵白眼看。

〔一〕自注：「德占最知洪範。」

36 次韻答杜仲觀二絶 元豐六年太和作

鳥啼花動卻春寒，雨壓青旗卷畫干。多事今年廢詩酒，煩君傳語問平安。

其二

重簾複幕和風雨，無奈催沽鳥唤人。只是樽前少狂客〔一〕，舞娃冰雪酒磷磷。

〔一〕少：《外集詩注》作「欠」。

37 再次韻杜仲觀二絶

短舞朱裙愜醉看，惜公官守隔江干。遥憐得句無人賞，走馬城東覓道安。

其二

詩家二杜見仍雲，佳句風流照映人。青眼向來同醉醒，白頭相望不緇磷。

38 奉和孫奉議謝送菜絶句 元豐五年太和作

春蔬照映庾郎貧〔一〕，遣騎持籠佐茹葷。卻得齋厨厭滋味，白鵝存掌鼈留裙。

〔一〕貧：原作「賓」，據《外集詩注》改。

39 學元翁作女兒浦口詩 元豐六年太和作

五老峰前萬頃江，女兒浦口鴛鴦雙。鷺飛何處沙上宿，夜雨釣船鐙照窗。

40 和李才甫先輩快閣五首 元豐五年太和作

山寒江冷丹楓落，急渡行人簇晚沙。菰葉蘋花飛白鳥，一張紅錦夕陽斜。

其二

赤欄終日倚西風，山色挼藍小雨中。將老鬢毛秋著木，相思親舊水連空。

其三

長江淡淡吞天去，甲子隨波日日流。萬事轉頭同墮甑，一身隨世作虚舟。

其四

雲橫章貢雨翻盆，寺下江深水到門〔一〕。落日荷鉏人著本，西風滿地葉歸根。

其五

西南佳氣浮馬祖，東北祥風繞静居。山邑豐年人少訟，身來訪道得齋魚。

〔一〕水：《外集詩注》作「雨」。

41 幾道復覓檳榔〔一〕

蠻煙雨裹紅千樹，逐水排痰肘後方。莫笑忍饑窮縣令，煩君一斛寄檳榔。

〔一〕《外集詩注》：「此題疑誤，味詩語似是向人覓檳榔者。又前篇《幾復寄檳榔且答詩》，則所答或即此詩。」

42 睡起 元豐四年太和作

柿葉鋪庭紅顆秋，薰鑪沈水度衣篝。松風夢與故人遇，同駕飛鴻跨九州。

43 題仁上座畫松 元豐六年太和作

偃蹇松枝隔煙雨，知儂定是歲寒材。百年根節要老硬，將恐崩崖倒石來。

44 次韻子瞻元夕扈從端門三首 元祐三年祕書省作

赭黄織底望龍章，不斷唯聞寶炬香。一片韶音歸複道，重瞳左右列英皇。

其二

端門魏闕鬱峥嶸，鐙火如山輦路平。不待上林鸎百囀，教坊先已進春聲。

其三

仗下蕃夷各一群〔一〕，機泉如雨自繽紛。諦觀香案傍邊吏，卻是茅山大小君。

〔一〕夷：《外集詩注》作「客」。

45 次韻子瞻送穆父二絶

渺然今日望人材，每見紫芝眉宇開。又觸惠文江海去，快帆誰與挽令回。

其二

謫官猶得住蓬萊，抱牘人稀書卷開。張敞憮眉應急召，董宣强項莫低回。

46 和子瞻内翰題公擇舅中丞山房

幽人八座復中臺〔一〕，想見書堂山杏開。四十餘年僧屈指，時因秋雁寄聲來。

〔一〕八座：原作「入座」，據《外集詩注》改。

47 以潞公所惠揀芽送公擇次舊韻 元祐元年祕書省作

慶雲十六升龍樣，國老元年密賜來。披拂龍紋射牛斗，外家英鑒似張雷。

48 承吏部蘇尚書右選胡侍郎皆和鄙句次韻道謝〔一〕

不待烹茶喚睡回，天官兩宰和詩來。清如接筧通春溜，快似揮刀斫怒雷。

〔一〕承：《外集詩注》無此字。

49 奉同公擇作揀芽詠〔一〕

赤囊歲上雙龍璧〔二〕，曾見前朝盛事來。想得天香隨御所，延春閣道轉輕雷〔三〕。

〔一〕自注：「囊貢小團亦單疊，惟揀芽則雙疊。」（按：「揀芽」原作「揀選」，據《外集詩注》改。）

〔二〕璧：原作「壁」，據《外集詩注》改。

〔三〕《外集詩注》載山谷自注：「元豐末作延春閣。」

50 今歲官茶極妙而難爲賞音者戲作兩詩用前韻

雞蘇狗蝨難同味，懷取君恩歸去來。青箬湖邊尋顧陸，白蓮社裏覓宗雷。

其二

乳花翻椀正眉開，時苦渴羌衝熱來。知味者誰心已許，維摩雖默語如雷。

51 公擇用前韻嘲戲雙井〔一〕

萬仞峰前雙井塢，婆娑曾占早春來。如今摸索蒼龍璧，沈井銅缾漫學雷。

〔一〕戲：四庫本作「笑」。

52 又戲爲雙井解嘲

山芽落磑風回雪，曾爲尚書破睡來。勿以姬姜棄顦顇，逢時瓦釜亦鳴雷。

53 奉同六舅尚書詠茶碾煎烹三首

要及新香碾一盃，不應傳寶到雲來。碎身粉骨方餘味〔一〕，莫厭聲喧萬壑雷。

其二

風鑪小鼎不須催，魚眼長隨蟹眼來。深注寒泉收第一，亦防枵腹爆乾雷。

其三

乳粥瓊糜霧腳回，色香味觸映根來。睡魔有耳不及掩，直拂繩牀過疾雷。

〔一〕碎身粉骨：四庫本作「碎骨粉身」。

54 王立之以小詩送並蔕牡丹戲答 元祐三年祕書省作

分送香紅惜折殘，春陰醉起薄羅寒。不如王謝堂前燕，曾見新妝並倚欄。

其二

露晞風晚別春叢，拂掠殘妝可意紅。多病廢詩仍止酒，可憐雖在與誰同。

55 與李公擇道中見兩客布衣班荆而坐對戲弈秋因作一絶 元祐元年祕書省作

兩客班荆覆局圖，看人車馬溷泥塗。文昌八座鄰樞極〔一〕，天上歸來愧不如。

〔一〕八座：原作「入座」，據《外集詩注》改。

56 題歸去來圖二首 元祐二年祕書省作

日日言歸真得歸，迎門兒女笑牽衣。宅邊猶有舊時柳，漫向世人言昨非。

其二

人間處處猶崔子，豈忍更令三徑荒。誰與老翁同避世，桃花源裏捕魚郎。

57 題陽關圖二首

斷腸聲裏無形影，畫出無聲亦斷腸。想得陽關更西路，北風低草見牛羊。

其二

人事好乖當語離，龍眠貌出斷腸詩。渭城柳色關何事，自是離人作許悲。

58 次韻答少章聞雁聽雞二首 元祐三年祕書省作

平生絶少分甘處，身要從師萬事忘。霜雁叫群傾半枕，夢回兄弟綵衣行。

其二

朝士聞雞常半途，朱門擁被不關渠。秦郎五起聽三唱，殘燭貪傳未見書。

59 題王居士所藏王友畫桃杏花二首 元祐二年祕書省作

凌雲一笑見桃花，三十年來始到家。從此春風春雨後，亂隨流水到天涯。

其二

凌雲見桃萬事無，我見杏花心亦如。從此華山圖籍上，更添潘閬倒騎驢。

60 戲答仇夢得承制二首〔一〕 元祐元年祕書省作

結髮從征聽鼓鼙，未曾一展胸中奇。彎弓如月落霜雁，誰道將軍能賦詩。

其二

横槊不爲萬騎先，傳杯把筆過年年。懷中黄石閑三略〔二〕，道上青旗漫百篇。

〔一〕二首：原無，據《外集詩注》補。

〔二〕閑：《外集詩注》作「閒」。

61 題劉氏所藏展子虔感應觀音二首 元祐四年祕書省作

人間猶有展生筆，佛事蒼茫煙景寒。常恐花飛蝴蝶散，明窗一日百回看。

其二

群盜挽弓江簸船，丹青當在普通前。誰能與作赤挽板〔一〕，老筆猶堪壽百年。

〔一〕赤挽：《外集詩注》校：「恐是赤欄。」

62 以虎臂杖送李任道二首 元符三年戎州作

走送書堂倚絳紗，瘦藤七尺走驚蛇。晴沙每要交頭拄，尋偏漁翁野老家。

其二

未衰筋力先扶杖，能救衰年十二三。八百老彭嗟杖晚，可憐矍鑠馬征南。

63 謝周文之送貓兒 元豐三年北京作

養得狸奴立戰功，將軍細柳有家風。一簞未厭魚餐薄，四壁當令鼠穴空。

64 太平州作二首〔一〕 崇寧元年六月知太平州九日而罷作

歐靚腰支柳一渦，小梅催拍大梅歌。舞餘片片梨花雨，奈此當塗風月何。

其二

千古人心指下傳，楊姝煙月過年年。不知心向誰邊切，彈盡松風欲斷弦。

〔二〕《外集詩注》：「黄嵤有家藏山谷真蹟，前一首題云《戲作觀舞絶句奉呈功甫兄》。『片片梨花雨』作『細點梨花雨』。」

65 長沙留別 崇寧三年赴宜州貶所作

折腳鐺中同淡粥，曲腰桑下把離杯。知君不是南遷客，魑魅無情須早回。

66 贈花光老

浙江衲子静無塵，箇箇莊嚴服飾新。何似乾明能效古，渠知北斗裏藏身。

67 送蛤蜊與李明叔諸君 元豐元年北京作

雪屋吹鐙然豆萁，古來壯士亦長飢。廣文不得載酒去，且詠《太玄》庖蛤蜊。

68 戲贈世弼用前韻

盜跖人肝常自飽，首陽薇蕨向來飢。誰能着意知許事，且爲元長食蛤蜊。

69 世弼病方家不善論蛤蜊之功戲答

伯樂無傳驥空老，重華不見士長飢。從來萬事乖名實，豈但藥翁論蛤蜊。

宋黄文節公全集·外集卷第十三

詩

古詩

自此卷至末《楚辭》凡八卷，皆公晚年删去。後山房李彤得此本，謂皆出公手，不敢散逸，乃復類集，以補豫章刻之所未足。但其編次，舊本多置卷末，今更易前編，續附本集詩後、雜文之前，庶以類相從，且不失外編遺意云。

1 **流水** 三章，章四句。　熙寧元年赴葉縣作

一溪之水，可涉而航。人不我直，我猶力行。

一溪之水，不杠而涉。濡首中流，汝嗟何及。

湯湯流水，可以休兮。嗟行之人，則濯足兮。

2 **虎號南山** 首二章，章八句；三章十句。

虎號南山，民怨吏也。

虎號南山，北風雨雪。百夫莫爲，其下流血。相彼暴政，幾何不虎。父子相戒，是將食汝。

伊彼大吏，易我鰥寡。矧彼小吏，取桎梏以舞。念昔先民，求民之瘼。今其病之，言置於壑。

出民于水，惟夏伯禹。今俾我民，是墊平土〔一〕。豈弟君子，伊我父母。不念赤子，今我何怙。嗚呼旻天，如此罪何苦。

〔一〕是：四庫本作「昏」。

3 采菊 三章，章八句。

采菊，傷君子也。君子將有爲，獨立而無佽助，是故傷之。

南山有菊，于采其英。誰從汝往，視我惸惸。伊時之人，誰適有比。不與我謀，不知其已。

薄言采之，遵彼山曲。汝來遲遲，去我何速。伊時之人，誰適與同。不與我好，殆其覯凶。

江漢滔滔，有楫有杭。誰以濟此，中流且風。嗟爾君子，時處時默。微雲反覆，無傷爾足。

4 古風寄周元翁 三言 元豐六年太和作

周元翁，古人風。詩書苦，作字工。允有德，自琢礱。觀古人，怨慧聰。眼欲盲，耳欲聾。黄落後，期君同。

5 效孔文舉贈柳聖功三首 元豐四年太和作

武庫五兵森森，名駒萬里駸駸，英風爽氣如林。讀書鑿井欲深，學道卻要無心。

其二

妙言玉質金相，學問日月悠長，良賈故要深藏。屈體下心堂堂，灰頭土面輝光。

其三

王良終日馳驅，曹商百乘從車，匕茅鼓舞群狙。學問聖處功夫，千古與我友俱。

五言古

6 送蒲元禮南歸 熙寧四年葉縣作

元禮佳少年，俊氣欲無敵。文章詩最豪，溟漲助筆力。三年葉公城，於我固多益。恨無荆雞材，使君有羽翼。此行省親闈，綵服耀春色。從容文字間，固未曠子職。蘄春向鄂渚，曾不三四驛。吾師李武昌，金聲而玉德。誠能勇一往，所進豈寸尺。江南後生秀，居多門下客。願君從之遊，琢磨就圭璧。斗酒清夜闌，缺月挂屋壁。雞鳴馬就轡，少别安足惜。人生共一世，誰能無行役。

7 即席

落葉不勝掃，月明樹陰疏。親鄰二三子，樽酒相與俱。霜栗剥寒棗，晚菘煮青蔬。解官方就門，敦薄無簡書。純益氣蕭蕭，未羈天馬駒。元禮喜作詩，豪氣小未除。大薛知力學，日來反三隅。小薛受善言，如以柳貫魚。天民嘗逸駕，近稍就檿株。知命雖畸人，清談頗有餘。阿盧快犢子，規矩尚小殊。不材於用少，我則澗底樗。會合只偶然，等閑異秦吴。人生一世間，何異樂出虚。過耳莫省領，披懷使恢疏。買網尚可鱠，倒壺更遺沽。不當愛一醉，倒倩路人扶。

8 贈李彦深〔一〕元豐元年北京作

瓊枝雖瘵渴，萱草忘人憂。李君氣蕭蕭，翠竹摇清秋。步竹來過門，日色在簾鉤。開雲睹白雉，臨水對虚舟。言少常造極，色夷似無求。醉尉廳索寞，寒泉沃茶甌。四坐愁水厄，井鉼猶屢投〔二〕。斮錫碎玉札，閒薦當衆羞。微物不足貴，且延君少留。行役阻相見，心如旆悠悠。春魚出清涔，社酒欲勝篘。時來得晤語，呼客盡更籌。

〔一〕原注：「李原，字彦深，厚之弟，居南陽。」

〔二〕猶：原作「楢」，據四庫本《山谷集·外集》卷一二改。

9 次韻答常甫世弼二君不利秋官鬱鬱初不平故予詩多及君子處得失事 熙寧八年北京作

鵬翼將圖南，垂天上扶摇。飛飛尋常間，深樹乘風蜩。大觀與小智，從事不同條。揚雄老執戟，金張珥漢貂。松柏有本心，蒲柳望秋凋〔一〕。久矣結舌瘖，狂言始今朝。崔王兩驥子，神俊萬里超。驚人吐嘉句，拔俗振高標。頻來草玄宅，共語清入寥。處己願如舜，致君敢不堯。回觀勢利場，内熱作驚潮。趨時愧才全，傲世迺士驕。二生浪許可，彈炙則求鴞。圍棋飯後約，煨栗夜深邀。爾來數到門，玉趾不憚遥。相期淡薄處，行樂亦云聊。甘泉沸午鼎，茗椀方屢澆。昏鵶相送歸，風枝撼調調。男兒强飲食，九鼎等一瓢。富貴但蹔熱，名聲適爲祅。世事寒暑耳，四時旋斗杓。勿學《懷沙》賦，離魂不可招。

〔一〕蒲柳：四庫本作「楊柳」。

10 和李文伯暑時五首〔一〕

扇

團扇如明月，動摇微風興。屏去坐上熱，袪逐盤中蠅。有用何提挈，無心分愛憎。炎炎雖可貴，棄置奈寒冰。

麈尾

麈髦副白玉，揮弄柔毿毿。不獨效擊拂，與君爲指南。諸生臨廣坐，辯口劇春蠶。此物爲解紛，吾常見不談。

石枕

沈埋寒泉骨，成器世乃重。賢於曲肱樂，輾轉不傾動。六月塵埃間，頭爲滲滲痛〔三〕。一卧洗煩勞，華胥直通夢。

蘄簟

吾家笛竹簟，舊物最所惜。當年楚山秋，林下千金得。寒光不染着，夐與塵泥隔。落日照江波，依稀比顔色。

葛幮

飛蚊遠床帷，來傍青鐙集。微涼忽透隙，如帶驚雷入。念彼無幮者，中夜何嘆及。天下同安眠，西風向秋急。

〔二〕原注：「文伯字去華，公之婿，李粢德素之子。雖納婿在後，而公與龍眠李氏爲素交。」

〔三〕滲滲：《外集補》作「涔涔」。

11 送錢一杲卿〔一〕

錢君佳少年，濯濯春月柳。開談屢逼人，落筆若揮帚。鳧雁菰蒲中，英材頗時有。同聲傾夙期，異姓接婚友。冷官國北門，會面始八九。時時過薄飯，卯坐常至酉。今日得休沐，方醺步兵酒。聞子車馬南，欲餞輒掣肘。温風媚行色，緑浄無塵垢。魚軒迎少婦，能獻二親壽。到家春已融，柔條可結紐。菱藻蔓平湖，釣船先入手。南雁正北來，蚤寄詩千首。

〔一〕原注：「杲卿乃穆父内翰長子，黄師是之妹夫。時師是爲河北漕，錢時在外舍。師是名實。」

12 觀道二篇

聖人用仁心，惻傷路傍兒。虎狼舐吻血，自哺胃與肌。同在天地間，六鑿相識知。父母臨萬物，大道甚坦夷。百年修不善，一日許知非。虎狼有悛心，還與聖人齊。

其二

廉藺向千載，凜凜若生者。曹李雖無恙，如沈九泉下。短長略百年，共是過隙馬。事來磨其鋒，意氣要傾瀉。風雲滅須臾，草木但春夏。唯此一物靈，不可藉外假。譽髦天下才，西伯本心化。君無謂斯文，可以觀大雅。

13 次韻子真會靈源廟下池亭〔一〕元豐元年北京作

繫馬著隄柳，置酒臨魏城。人賢心故樂，地曠眼爲明。十年風煙散，邂逅集此亭。悲歡更世故，談話及平生。折腰督郵前，勉强不見情。世味曾淡薄，心源留粹精。晴雲有高意，闊水無湍聲。誰言王安豐，定識阮東平。

〔一〕《外集補》無「下」字。

14 幾復讀莊子戲贈 治平三年作

蜩化搶榆枋，鵬化摶扶摇〔一〕。大椿萬歲壽，糞英不重朝。有待於無待，定非各逍遥。譬如宿舂糧，所詣豈得遼。漆園槁項翁，聞風獨參寥。物情本不齊，顯者桀與堯。烈風號萬竅，雜然吹籟簫。聲隨器形異，安可一律調。何嘗用吾私，總領使同條。惜哉向郭誤，斯文晚未昭。胡不棄影事，直以神理超。木資不才生，雁得不才死。投身死生中，未可優劣比。深藏無所用，一寓不得已。逍遥同我誰，歲莫於吾子。

〔一〕摶：原作「搏」，據四庫本改。

15 古豪俠行贈魏鄰幾 元豐元年北京作

翩翩魏公子，恐是信陵君。高義動衰俗，孤標對層雲。風吹棠棣花，一枝落夷門。俯仰少顏色，蕭蕭煙景昏。已朽朱亥骨，侯嬴無子孫。衆中氣軒昂，把臂諭肺肝。沃之紅鸚鵡，載以烏賀蘭。門前馬嘶急，我弟忽扣關。謂言空中落，逆旅有仁人。老母一解顔，萬金難報恩。琅玕迺未贈，交好如弟昆。

16 拘士笑大方

拘士笑大方，俗吏縛文律。當其擅私智，轍覆千里失。烏飛與魚潛，明哲善因物。欣然領斯會，千百無十一。蒯緱裝太阿，付騶斬芻秣。風雨晦冥時，中夜鳴不歇。張公下世人，安得歎埋没。齊王好吹竽，楚客善鼓瑟。衛婦新上車，戒御無笞服。教母滅竈突〔一〕，徙薪始入室。三言至叮寧，於理蓋已密。主人皆笑之，迺在未適節。莊生亦有言，外物不可必。無地與揮斤，眷然思郢質〔二〕。

〔一〕突：嘉靖本、四庫本作「火」。

〔二〕眷：四庫本作「悄」。

17 顔闔 治平三年作

顔闔無事人，躬耕自衣食。翩翩魯公子，要我從事役。軺軒來在門，駟馬先拱璧。出門應使者，隴上不謀國。心知誤將命，非敢憚行役。使人返錫命，户庭空履跡。中隨衛侯書，起作太子客。誰能明吾心，君子蘧伯玉。

18 贈希孝 熙寧元年葉縣作

金玉雖滿堂，一去誰能守。石交千秋期，程嬰報杵臼。絲隨丹青染，變態非復舊。竹杖寒蒼蒼，草木黄落後。匏從曲沃來，管是汶陽有。土性本高明，天材更渾厚。革之成國器，實假匠伯手。木平非斧斤，是事公信否。

19 侯元功問講學之意〔一〕 治平三年作

金聲而玉振，從本用聖學〔二〕。石師所未講，赤子有先覺。絲直則爲絃，可射可以樂。竹筍不成蘆，白珪元抱璞。匏瓜不能匏，其裔猶爲瓟〔三〕。土俗頗暖姝，西笑長安樂。革無五聲材，終然應宫角。木人得郢工，鼻端乃可斲。

〔一〕原注：「元功名蒙，政和六年爲中書侍郎。」

〔二〕用：四庫本作「明」。

〔三〕瓟：原注：「音薄，小瓜也。」

20 三至堂 元豐三年太和作

楊公父子孫，俱出文昌宫。朱轓與別駕，同最治民功。當年竹馬兒，市上白鬢翁。相語府門前，郎君有家風。築室俯飛鳥，我來歲仲冬。人煙空橘柚，梅蘤破榛叢。延客煮茶藥，使君語雍容。疇昔識二父，只今天柱峰。故開堂北門，突兀在眼中。千秋萬歲後，野人猶致恭。借問經始誰，開國華陰公。

21 玉照泉〔一〕

仙人持玉照，留在灊西峰。一往不返顧，塵痕廢磨礱。想當光溢匣，雲山疊萬重。有門洌寒泉〔二〕，照影互相容。得名未覺晚，學士古人風。持節按九城，樂此水一鐘。稅車東上飯〔三〕，談笑考百工。金瓶煮山腴，茗椀不暇攻。蘇侯亦静者，疏鑿濟成功。排遣塵滓行，石奩清如空。勿令水源濁〔四〕，魚蝦來其中。生子歲月多，往往隱蛟龍。玉照不見影，盤桓蝸螺宫。一朝揭源去，枯瀆草蒙茸。

〔一〕自注：「玉照泉與灊山之玉照峰相直，舅氏李公擇始坎石采□而名之。」

〔三〕門：四庫本作「井」。

〔三〕東上飯：四庫本作「來井上」。

〔四〕匆：原作「能」，據任淵《后山詩注》卷九《絶句》注引山谷此詩改。

22 延壽寺僧小軒極蕭灑予爲名曰林樂取莊生所謂林樂而無形者并爲賦詩 元豐六年太和作

積雨靈香潤，晚風紅藥翻。盥手散經帙，烹茶洗睡昏。野僧甚淳古，養拙賁丘園。風懷交四境，蓬藋底百椽〔一〕。山林皋壤歟，可爲知音言。而我與人樂，因之名此軒。孟夏嫗萬物，正晝晦郊原。隔牆見牛羊，定知春筍繁。俄頃倒干戈，水攻仰翻盆。地中鳴鼓角，百萬薄懸門。部曲伏牀下，少定未寒暄。疾雷將雨電，破柱取蛟蚖。我初未知爾，宴坐漱靈根。諒知岑寂地，竟可安元元。

〔一〕底：《外集補》作「抵」。

23 陳吉老縣丞同知命弟游青原謁思禪師予以簿領不得往二公雨久不歸戲作百家衣一首二十韻招之〔一〕

天高萬物肅，虛寂在川岑。肅此塵外軫，隨山上嶇嶔。列宿正參差，凝霜露衣襟。驚鳥縱横去，孤猨擁條吟。不睹白日景，惟睹松柏陰。南州實炎德，看差香森沈〔二〕。芳草亦未老，黄花如散金。中有冥寂士，上有嘉樹林。遺掛拂在壁〔三〕，靡靡如面命〔四〕。阿閣三重階，曠望何高深〔五〕。能使高興盡，山水有清音。所在可遊盤，春醞時獻斟。玄雲拖朱閣，小雨遂成霖。挾纊如懷冰，夕息憶重衾。簪夫違盛觀，何用慰我心。孤鐙曖幽幔〔六〕，願言思所欽。良游常蹉跎，賤與老相尋。佳人殊未來，忽忘逝景侵。南榮戒其多，離思故難任。明月難暗投，聊欲投吾簪。

〔一〕自注：「生日（原作『□日』，據四庫本補）百家衣，命小兒女婦也。」
〔二〕看差：四庫本作「肴羞」。
〔三〕拂：四庫本作「猶」。
〔四〕如面命：四庫本作「遂至今」。
〔五〕何：四庫本校：「一作極。」
〔六〕曖：原作「暖」，據嘉靖本、《外集補》改。

24 同吉老飲清平戲作集句〔一〕

飛蓋相追隨，攜手共行樂。我有一樽酒，聊厚不爲薄。珍木鬱蒼蒼，衆鳥欣有託。密竹使逕迷，初篁包緑籜。有滰興南岑，森森散雨足。萬物生光輝，夕陽曖平陸〔二〕。蠶月觀時暇，振衣聊躑躅。沈迷簿領書，未嘗廢丘壑。王度日清夷，鎮俗在簡約。人生非金石，親友多零落。漆園有傲吏，君平獨寂寞。所願從之遊，逝者如可作。

〔二〕原注：「即普覺。」

〔三〕夕陽：嘉靖本、四庫本作「夕陰」。

25 還深父同年兄詩卷 元豐四年太和作

四體懶不佳，百蟲夜相煎。呼鐙探床頭，忽得故人編。一哦肺渴滅，再讀頭風痊。清切如其人，石齒漱潺湲。園林秋郊静，桃李春晝妍。雍容比興體，百物落眼前。仍仍愁時語，聽猨三峽船。梅黄雨撲地，水白雁横天。歎息夜渠央〔一〕，屋角月上弦。把卷著牀頭，我知其人賢。昨日河間令，横胷不顧錢。如臂使十指，從我伸與拳。淹留落閑處，坐研考二篇。更使有閒日，歌嘲拾蘭荃。何時造化手，端爲鑄龍泉。

〔一〕央：原作「決」，據《外集補》改。

26 次韻答宗汝爲初夏見寄 元豐六年太和作

官蛙無時休，不知憂復樂。天日半規黄〔一〕，冉冉納莫壑。鳥棲松隕花，風下竹解籜。南箕與北斗，磊磊貫纓絡。懷我鄰邦友，賢義本不薄。箕斗常相望，江含霧冥漠。忽烹雙鯉魚，中有初夏作。詩詞清照眼，明月麗珠箔。間出句崛奇，芙蕖依緑蒻。雄辨簡色空，韓盧逐東郭。終篇談不二，自脱世纏縛。此道久陸沉，喜公勤博約。盈籠惠石芝，烏皮剥猨玃。野人烹嘉蔬，回首葵莧惡。勸鹽殊未工〔二〕，追呼聯纆索〔三〕。聞君欲課最，豈有不龜藥。我民六萬户，過半客棲泊。棘端可沐猴，且願觀其削。官符晝夜下，朝播責莫穫。繡衣城射利者誰其，登隴彎繁弱。昨聞數邦貢，曲禮賦三錯。恭惟廊廟上，獻納及新瘼。繡衣城南來，免冠謝公作。歸乘下澤車，絶意麒麟閣。田園蒙帝力，仰以萬壽酢。公材横太阿，越砥歛霜鍔。智囊無遺漏，膽量包空廓。行常治狀聞，雄飛上碧落。我材甚不長，有地愧槃礴。平陸非距心，滕薛困公綽。看人取卿相，妄意亦饞嚼。終不作湘纍，憔悴吟杜若。一心思傾寫，何時叩扃鑰。

〔一〕天日：《外集補》作「夕暉」。

〔二〕勸：原作「觀」，據四庫本《山谷集·外集》卷一二改。本書《外集》卷四《二月二日曉夢會于盧陵西齋作寄陳適用》詩云：「勸鹽惟新令」，亦作「勸」。

〔三〕纆：原作「纏」，據文意改。《莊子・駢拇》：「約束不以纆索。」謂捆綁犯人的繩索。

27 答周德夫見寄

自我官東南，久無西北書。周郎縱横才，欬唾落明珠。寄聲相勞苦，敦厚不忘初。窮山江莽蒼，胸次亦寬舒。念君懷白璧，故作裋褐趨。秋官方按歛〔一〕，不與計吏俱。驚嗟相見晚〔二〕，天子識嚴徐。想當蒐逸民，耕釣起海隅。鶴翎需啄抱，龜尾且泥塗〔三〕。功名好采來，五白成一呼。小人丘壑心，日月半謝除。何時真得歸，猿鳥爲先驅。投身嬰世故，葛蔓恐難圖。相思欲寫寄，滴盡玉蟾蜍。

〔一〕歛：四庫本作「劍」。

〔二〕相見：四庫本作「相遇」。

〔三〕且：四庫本作「自」。

28 送晁道夫叔姪〔一〕

晁氏出西鄂，世家多藝文。文莊和鼎實，尚書亦大門。簡編自褓襁，簪笏到仍昆。向來映軒冕，頗據要路津。恩勤均骨肉，四海一堯民。无咎晚相見，實惟諸晁孫。智囊似内史，筆力窺漆園〔二〕。詞林少根蔕，斯人今絶倫。我爲折腰吏，緑綺網蛛塵。傾心得僚友，燕及鶺鴒原。嘉肴味同和，絃誦聲相聞。如人逃空虚，見似已解顔。何況金石交，迺其骨肉親。二年吟楓葉，忘我木索勤。行行不忍别，共醉古柳根。樽前猶講學，夏夜衆星繁。念當侍白髮，甘旨共蘭蓀。帆檣灑風雨，浪波出蛟黿。持親慎行李〔三〕，强學加飯飧。革囊走官郵，寄書遠相存。阿四去大農，六典與討論。君到輦轂下，爲問平生言。儻登鄴王臺，多話歸參軍。

〔一〕原注：「元豐五年，時公到太和已二載。」

〔二〕漆：原校：「一作文。」

〔三〕持：原校：「一作侍。」慎：原校：「一作偵。」

宋黄文節公全集·外集卷第十四

詩

五言古

1 宿山家效孟浩然 元豐六年太和作

秋陽沈山西，委照藩落下。霧連雲氣平，濛濛翳中野。空村晚無人，一二小蝸舍。老翁止客宿，喬木縻我馬。松鑪依稀煙，槁竹照清夜。幽泉抱除鳴，生涯渺瀟灑。翁家炊黄粱，殺雞延食罷。問余所從誰，庸詎學丘也。投身解世紛，恥問老農稼。予生久邅回，百累未一謝。斑斑吾親髮，弟妹逼婚嫁。無以供甘旨，何緣敢閑暇。安得釋此懸，相從老桑柘。

2 病懶 治平三年作

病懶不喜出，收身卧書林。縱觀百家語〔一〕，浩渺半古今。空蒙象外意，高大且閎深〔二〕。聞有居覆盆，豈能逃照臨。一馬統萬物，八還見真心。迺知善琴瑟，先欲絶絃尋。

〔二〕語：原校：「一作治。」

〔三〕閟：原作「閑」，據四庫本改。

3 戲贈諸友〔一〕治平三年作

駑駘無長塗，一月始千里。驊騮嘶清風，祇在一日耳。詩酒廢書史，諸友勿自疑。甯爲駑駘懶，當效驊騮嘶。疏水必有源，析薪必有理。不須明小辨，所貴論大體。生死命有制，富貴天取裁。儻能領真意，何有於我哉。討論銷白日，聖知在黄卷。自此宜數來，作詩情繾綣。

〔一〕自注：「時詔下。」

4 午寢〔一〕

讀書常厭煩，燕處意坐馳。動静兩不適，塵勞敗天倪。目昏生黟花，耳聵喧鼓鼙。沈憂愁五神，倦劇委四支。不聊終日堪，況乃久遠期。投書曲肱卧，天游從所之。是身入華胥，彷佛勝初時。春蠶眠巨箔，夏蜩化枯枝。今之隱几者，豈有異子綦。覺寐須臾間，良亦休我疲。迺知大覺夢，蓋此德之歸。誰爲今日是，二十二年非。

〔一〕題下原注：「戊申作。」聚珍本《山谷詩外集補》翁方綱按：「熙寧元年戊申，先生年二十四，不應云『二十二年非』也。此蓋題下戊申有誤，子耕譜中元未的指在何年也。」按：子耕即黄㽦，《山谷年譜》以此詩編於治平三年丙午，是年庭堅年二十二，當從之。

5 過百里大夫冢〔一〕 熙宁四年葉縣作

行客抱憂端〔二〕，況復思古人。何年一丘土，不見石麒麟。斷碑略可讀，大夫身霸秦。虞公納垂棘，將軍西問津。安知五羊皮，自鬻千金身。末俗工媒孽，浮言妒道真。幸逢孟軻賞，不愧微子魂。〔三〕

〔一〕原注：「冢在南陽縣界，公往鄧州經此。」

〔二〕原校：「一作客行感時節。」

〔三〕原注：「按《吕氏訓蒙》云：或稱魯直『桃李春風一杯酒，江湖夜雨十年鐙』以爲極至，魯直自以此猶砌合，須『石吾甚愛之，勿使牛礪角。牛礪角尚可，牛鬭殘我竹』，此乃可言至耳。然如《百里大夫冢》與《快閣詩》，已自見成就處也。」

6 漫尉 并序 熙寧三年葉縣作

庭堅讀漫叟文，愛其不從於役，而人性物理，翕然詣於根理。因戲作《漫尉》一篇，簡舞陽尉裴仲謨，兼寄贈郝希孟、胡深夫二同年。爲我相與和而張之，尚使來者知居厚爲寡悔之府。然知我罪我，皆在此詩。

豫章黄魯直，既拙又狂癡。往在江湖南，漁樵乃其師。腰斧入白雲，揮車棹清溪。虎豹不亂行，鷗鳥相與嬉。遇人不崖異，順物無瑕疵。不知愛故厭，不悔爲人欺。晨朝常漫出，莫夜亦漫歸。漫尉葉公城，漫撫病餘黎。不篡非己事，不趨非吾時。人罵狂癡拙，魯直更喜之。或請陳漫尉，壽尉蒲萄巵。酒行激懦氣，攘袂起哨規〔一〕。君子守一官，烏肯苟簡爲。奈何如秋葭，信狂風離披。漫行恐汙德，漫止將敗機。漫默買猜謗，漫言來詬譏。漫尉謝答客，願客深長思。漫行無軌躅，漫止無畢羈。漫默怨者寡，漫言知者希。吾生漫叟後，不券與之齊。於戲獨如子，因使目爲眉。强顔不計返，乾坤一醯雞。崑崙視糟堊，既化不自知。悔吝雖萬塗，直道甚坦夷。覆轍索孤竹，奔車求仲尼。以旌招虞人，賤者不肯尸。玉潤安可涸，日光安可緇。斯言出繫表，當以罔象窺。賦分有自然，那用時世移。吾漫誠難改，盡醉不敢辭。

〔一〕哨：嘉靖本同。《外集補》作「誚」，當是。

7 按田　并序　熙寧四年葉縣作

余與晁端國思道，奉檄按馬鞍山東港河稻田陂〔一〕。官丁誤引，道左次水澤。山深徑危，泥潦堅冰，長幹挾馬，僅可以度。行五十里，遂不容馬，步沮洳，虎迹新往來，烏鳥叢噪荆榛。盡日出入，乃至河上。集近山之農，告以獻利者，皆以爲瀕水爲舍，居旁治新田，果蓏有畦，桑棗成行。自山之東西，皆不可爲陂。滍河原出四頭山，支分爲三：其一盡南出，少折而東，入舞陽；其一稍西流，又折而北，入石塘河；其一滍河也，出山而東流，卒與二水合而入汝河。汝河，今漕河也。吾二人既臨河，具知獻利者之狀，而余獨有感焉。頃歲肉食者以羌胡爲憂，師老西鄙，而士大夫知與不知，爭道孫吴覆軍殺將，開虜之輕量中國心，而富貴者今且比肩〔二〕。近者朝言多在民事，欲化西北之麥隴，皆爲東南之稻田。良吏攘臂起，郡有召信臣，縣有史起矣。夫土性者，自先王所不能齊，而一切不問，薅夫故苗，灌爲新田，茫茫水陂，丘壟平盡。其君子威以法刑，其小人毒以鞭朴。有舉斯有功，有功斯有賞。作者之議曰：前日吏持印相授，以媮眼前，而厚利棄於蒼煙野草之間，是豈不可笑？以余觀之，恐是非特未定也。觀朝廷之意，初不責必成〔三〕，奉承者要必有功，遂失之耳。語曰：「事傳三人，輒失其真。」《詩》曰：「周爰咨謀。」蓋使指也。今也咨謀者不慘怛以告者，未忠信歟？夫聽言之道，必以事觀之，奪民之故習而强以所未嘗，其利安在？興利者受實賞，力田者受實弊；郡縣行空文，朝廷收虛名；名爲利民，其實害之。議者謂之有意於民乎，吾不知也。以爲有功於民乎，今既若是矣。予既有是言，思道屢歎而已。是日所至已遠，不能歸，遂宿水濱民家。北風黄草，破屋見星月。與晁五引酒相酌，忽然已醉，不知跋涉之勞也。綴以詩，强思道和之。

河冰積峥嶸，山雪晴索寞。幽齋怯寒威，况復出城郭。馬爲蝟毛縮，人歎狐裘薄。淤泥虎跡交，叢社烏聲樂。橋經野燒斷，崖值天風落。洩雲迷鴻濛，戴石瘦犖嶨〔四〕。攀緣若登天，扶服如入橐。窮幽至河麋，落日更槃礴。新民數十家，飄寓初棲託。壯産無惰農，荒榛盡開鑿。臨流遣官丁，悉使呼老弱。恩言諭官意，鄣水陂可作。春秧百頃秔，秋報千倉穫。掉頭笑應儂，吾麥自不惡。麥苗不爲稻，誠恐非民瘼。不知肉食者，何必苦改作。我行疲鞍馬，且用休羈絡。艱難相顧歎，共道折腰錯。勢窮不得已，來自取束縛。月明夜蕭蕭，解衣寬帶索。卧看雲行天，北斗掛屋角。析薪爨酒鼎，興至且相酌。

〔一〕淃：原注：「音倦。」

〔二〕且：原作「日」，據《外集補》改。

〔三〕責：《外集補》作「貴」。

〔四〕嶨：原注：「音殼。」

8 **贈陳公益** 并序

官於葉城之下，士之久遊而寡過者，無若陳公益。言中權衡，行應繩墨，中心誠樂其爲人。曾子曰：「目者心之浮也，言者行之指也。」公益眸子睟清，言寡而理贍，其行於是乎可考。予嘗有窮谷蒼煙寂寞之約，唯公益共之，故系之以詩。

陳子善學問，正色鉏其驕。束身居言前，析理在意標。心隨出處樂，性與寂寞超。安安而雅雅，不以行險徼。王良馭驥子，冉弱六轡調。自吾與之遊，忘味如聞韶。志道斯近神，莊生説承蜩。顧恐陳子止，誰能中道要。我求一飯飽，黄綬强折腰。取舍不由己，悲哉馬銜鑣。長嘯天地間，搔首獨無聊。雅約青山雲，伊人與逍遥。有如渝此盟，白日尚昭昭。平時多英豪，楚楚在本朝。吾徒固長物，分當老簞瓢。

9 **將歸葉先寄明復季常** 熙寧二年葉縣作

初日照屋山，好鳥哢簷角。卷簾吏卻掃，齋舍寒蕭索。呼兒篘春醪，期與夫子酌。簡書驅我出，衝雪凍兩腳。莫行星輝輝，曉起雞喔喔。青煙過空村，商旅無遠橐。豈不欲少留，王事苦敦薄。平生白眼人，今日折腰諾。可憐五斗米，奪我一溪樂。公等何逍遥，睥睨寄講學。談犀振清風，棋局落秋雹。雲陰愁濛鴻，山路險犖确。慎無告歸軒，使我數日惡。羸驂逆歸心，旋濘蹶霜濼。悲嘶惜鄣泥，短箠冷難捉。南征喜氣動，迎面蛛絲落。買網鱠金橙，歸償炊黍約。〔一〕

〔一〕原注：「按當注，公雖作尉，而沿檄不時，如蒲城佚盜，以校見督之類。此詩雖題《將歸葉寄明復季常》，然有『簡書催我去，衝雪凍兩腳』之句，必是因校出而歸無疑。」

10 擬君子法天運　熙寧四年葉縣作

君子法天運，不言行四時。提提無近功，成歲乃可知。明窺秋毫端，耳察穴蟻爭。群材極爲力，陰拱收視聽。三辰從昏明，萬物安性命。因時有更張，斟酌如斗柄。細人趨眼前，翻手覆手間。狂風吹長林，何枝鳥能安。須臾誠快意，狼籍不可言。

11 行行重行行贈別李之儀〔一〕　元豐三年改官太和作

行行重行行，我有千里適。親交愛此別，勸我善眠食。惟君好懷抱，高義動顏色。贈子青琅玕，結以永弗諼。拭目仰盛德，洗心承妙言。予道甚易行，易行乃難忘。虛名織女星，不能成文章。微君好古學，尚誰發予狂。事親見不足，擇友知無方。大聖急先務，君其愛頽光。外將周物情，中不敦己道。以客從主人，辨之苦不早。行身居言前，悟理在意表。苟能領斯會，大自足諸小。勿念一朝患，勿忘終身憂。忠誠照屋漏，萬物將自求。此道不予欺，實吾聞之丘。群居行小慧，宴笑奉樽俎。益友來在門，疏拙不見取。誰不聞此風，去君鴻鵠舉。

〔一〕原注：「之儀，（諱）〔字〕端叔，寓居蕪湖。」

12 春思 熙寧四年葉縣作

花柳事權輿，東風剛作惡。啓明動鐘鼓，睡著初不覺。簡書催秣馬，行路如徇鐸。看雲野思亂，遇雨春衫薄。今日非昨日，過眼若飛雹。光陰行畹晚，吾事益落莫。閑尋西城道，倚杖俯墟落。村翁逢寒食，士女飛絲索。平生感節物，始悟身是客。搔首念江南，挐船趁瀲鵜。夷猶揮釣車，清波舉霜鯽。黄塵化人衣，此計誠已錯。百年政如此，豈更待經歷。

13 戲答公益春思二首

能狂直須狂，會意自不惡。蚤知筋力衰，此事屬先覺。公詩應鍾律，豈異趙人鐸。我爲折腰吏，王役政敦薄。文移亂似麻，期會急如雹。賦斂及逋逃，十九被木索。公思當此時，清興何由作。前日東山歸，花如萎莎落。徑欲共公狂，知命知此樂。公家胡蜀葵，雖晚尚隱約。晴明好天氣，甦對亦愜適。妝恨朱粉輕，舞憐衫袖窄。衣襦相補紉，天吴亂鸂鶒。草茅多奇士，蓬蓽有秀色。西施逐人眼，稱心最爲得。食魚誠可口，何苦必魴鯽。清狂力能否，人生天地客。不者尚能來，南窗理塵迹。草玄續周書，揲策定漢曆。有意許見臨，爲公酤一石。

其二

昔人有真意，政在無美惡。微言見端緒，垂手延後覺。大聲久輟響，誰繼夫子鐸。長笑二南間，斯道公不薄。性懷如珮環，詩筆若隕雹。前篇戲調公，深井下短索。子雲最清净，亦動解嘲作。光塵貴和同，玉石尚磊落。衆人開眼眠，公獨寤此樂。昔在西宫遊，初非朝夕約。邂逅二三子，蛾眉能勸客。坐嫌席間疏，酒恨盞底窄。驪駒我先返，看朱已成碧。況聞公等醉，歌舞恣所索。舞餘必纏頭，歌罷皆舉白。清狂稍稍出，應節自不錯。譬如觀俳優，誰能不一噱。何爲苦解紛，迺似自立敵。人生忽遠行，車馬無歸迹。黄粱一炊頃，夢盡百年歷。棄置勿重陳，虚心待三益。

14 衆人觀俳優

衆人觀俳優，誠有可笑時。侏儒笑人後，所笑動未知。非桀是堯舜，諸生同一詞。不能解其會，何笑侏儒爲。桓公方讀書，輪扁釋斧鑿。借問作書人，已歸蒿里宅。至精固不傳，所說乃糟粕。使道如懷珍，分我贍人貧。人將遺朋友，誰不獻君親。喁喁來噍食，泯泯去游魂。昭穆才弟兄，愚智已子孫。愚游智者籠，智受萬物役。奔奔相後先，成則自爲德。勞神不知疲，求所不能知。深心著文字，有如鳥粘黐。敗新爲故袴，何獨鄭人妻。鵠卵待啄抱，自憐非荆雞。誰能起千載，化此故紙癡。

15 曉起臨汝

缺月欲峥嶸，鳴雞有期信。征人催夙駕，客夢未渠盡。野荒多斷橋，河凍無裂璺〔一〕。羸馬踏冰翻，疑狐觸林遁。清風蕩初日，喬木囀幽韻。崧高忽在眼，岌峨臨數郡。玄雲默垂空，意有萬里潤。寒暗不成雨，卷懷就膚寸。觀象思古人，動静配天運。物來斯一時，無得乃至順。涼暄但循環，用捨誰喜愠。安得忘言者，與講《齊物論》。

〔一〕璺：原注：「音問」。

16 送陳季常歸洛

人生俱行役，何能如聚鹿。浮槎在江湖，邂逅一相觸。天邊數年别，故人有陳叔。誰云區區葉，車馬肯來辱。清樽聽夜語，常炧三四燭〔一〕。劇談連古今，天漢瀉崖谷。高材歎加壯，所向動乖俗。我官塵土間，强折腰不曲。飽飯逐人行，君來方拭目。汝潁無奇士，僕夫催結束。嗟如秋窗暉，來少去苦速。蚤吾接雍容，愛德心不足。歲晚託懿親，清義迺愈篤。落日送河梁，鳴蟬度喬木。歲寒贈君何，唯有南溪竹。

〔一〕炧：原注：「炧，斜上聲，鐙燭燼也。」四庫本注：「音謝，燭貌。」嘉靖本作「燒」。

17 次韻答薛樂道

薛侯筆如椽，峥嶸來索敵。出門決一戰，莫見旗鼓迹。令嚴初不動，帳下聞吹笛。乍奔水上軍，拔幟入趙壁〔一〕。長驅劇崩摧，百萬俱辟易。子於風雅間，信矣强有力。天材如升斗，吾恨付與窄。攬物能微吟，假借少儲積。山城坐井底，聞見更苦僻。子非知音邪，何不指瑕謫。

〔一〕壁：原作「璧」，據四庫本改。

18 戲贈陳季張

氣清語不凡，郭與陳季優。季子有美質，明月戀高秋。詞談貫百家，炙轂出膏油。放聲寄大塊，肆情無去留。方圓付自爾，規矩爲瘡疣。當其説荒唐，衆口莫能咻。書案鼠篆塵，銜蔬滿床頭。居不省家舍，那問犬馬牛。吾嘗觀聖人，與世爲獻酬。道通衆人行，智欲萬物周。微言觀季子，頗亦有意不。季子捧腹笑，吾豈搢紳囚。我將乘扶摇，南與人鵬遊。相羊九萬里，厭則下滄洲。黄子失所答，如耕不能耰。井蛙延海鼈，樂事擅一丘。束牲盟伯夷，固自取揶揄〔一〕。無心以觸物，愛子如虚舟。維楫苟不存，傾覆當誰尤。尚思濟來者，非但自爲謀。

〔一〕揄：原注：「音由。」

19 寄别陳氏妹

西風吹天雲，頃刻異秦越。叔子從天東〔一〕，忽與同姓别。餞行在半塗，一食三四噎。遥遥馬嘶斷，芳草迷車轍。引襟滿眼淚，回首寸心折。母氏孝且慈，愛養數毛髮。諸兒恩至均，如指孰可齕。汝今始歸人，綿綿比瓜瓞。中畦不灌溉，芳意還銷歇。黄鳥止桑楚，南山采薇蕨。擇歸既甚明，寡取迺爲悦。我開賢女傳〔二〕，須己爲汝説。在宋有伯姬，潔身若冰雪。下堂失傅母，上堂就焚爇。吾嘗嘉惠康，有婦皆明哲。戮力事耦耕，甘貧至同穴。彼於視三公，其猶吹一吷。雍容二南間，此婦真豪傑。男兒何有哉，今壯而嬗耋〔三〕。逢時秉鈞軸，邂逅把旄鉞。富貴多禍憂，朋黨相媒孽。等之彀中遊，巧者未如拙。勿以貧賤故，事人不盡節。母儀尊聖善，婦道尚曲折。葛生晚萋萋，絺綌代裘褐。女工既有餘，枕簟清煩暍。誰言淮蔡遠，曾不以日月。跂予升高丘，佇望飛鳥滅。善懷詩所歌，行矣勿惜別。皇皇太史筆，期汝書英烈。

〔一〕東：《古今事文類聚》後集卷一一作「來」。

〔二〕開：四庫本作「聞」。

〔三〕嬗：四庫本作「善」。

20 寄懷趙正夫奉議 元豐八年德平作

春皇撫宇宙，仁氣被園林。草木懷元寵，松柏抱常心。攬觀萬物表，有覺詠時禽。一勸君沽酒，一起予投簪。小人畏罪罟，澡雪奉官箴。雞鳴風雨晦，鶴鳴澗谷陰。維此方寸寶，日月所照臨。澤蒲漸緑弱，山桃破紅深。永懷寂寞人，黄卷事幽尋。虛窗馳野馬，宴坐醉古今。鴛鴦求好匹，笙磬和同音。何時聞笑語，清夜對横琴。〔一〕

〔一〕原注：「按耆注載公有《題絳本法帖》云：『元豐八年夏五月戊申，趙正夫出此書於平原官舍。』又《題樂府木蘭詩後》云『元豐乙丑五月戊申會食於趙正夫平原監郡西齋』，二詩蓋當時作。又耆按：《國史》元祐三年十月己丑，蘇軾言：『御史趙挺之在元豐末通判德州，而著作黄庭堅方監本州德平鎮，挺之希合提舉官楊景棻之意，欲於本鎮行市易法，而庭堅以爲鎮小民貧，不堪誅求，若行市易，必致星散。公文往來，士人傳笑。』云云。公他日宜州之禍亦基於此，故因備載。」

21 四月丁卯對雨寄趙正夫

公家常怱務，退食用寢訛。相思雖勞勤，書問不能多。時雨光萬物，開雲見羲和。乾坤有美意，畎澮未盈科。凱風吹南榮，官槐緑婆娑。鵻鴫將其匹，來巢自成家。於物無譏嫌，人亦不誰何。眷言生理拙，無地牧雞鵝。丈人春秋高，雛鷇勤摩抄。在公每懷歸，安得借明駝。畏塗失無鄉，酌海持一蠡〔一〕。平生朱絲繩，寂寞長生窠〔二〕。故人疊疊去，宰木上女蘿。生存半白首，會面阻山河。趙侯秉金玉，不與世同波。從容覺差晚，鄙心寄琢磨。外物良難必，歲寒不改柯。

〔一〕蠡：原注「音螺」。

〔二〕長生：原作「長絲」，據四庫本改。

宋黄文節公全集·外集卷第十五

詩

七言古

1 新涼示同學 治平三年作

西風先自無消息，忽上青林報秋色。天高月明露泥泥，團扇已從蛛網織。蛩螿何苦不自聊，入我夜牀鳴唧唧。似言冰雪催授衣，今者不樂君髮白。春深花落病在牀，永夏過眼等虛擲。卷簾昨莫得新涼，空堂呼鐙照几席。豈無熟書試一讀，欲似平生不相識。今日明日相尋來，百年青天過鳥翼。夜闌歎息仰屋梁，廢棄寢膳思無益。吾徒奈何縱嫚遊，君不見禹重寸陰輕尺璧。

2 宿靈湯文室 元祐八年丁母喪居家作

臨池濯吾足，汲水濯吾纓。塵埃一謝去，神與體俱清。月明漸映簷東出〔一〕，置枕東床夜蕭瑟。更無俗物敗人意，唯有清風入吾室。

〔二〕映：原校：「一作隱。」

3 題徐氏姑壽安君壽梅亭 元豐六年赴德平作

大雛銜枚來作亭，小雛銜實來種花。兩雛反哺聲查查，慈烏髮白爾成家。梅梁丹青射寒日，梅英飛雪點親髮。二雛同味如春酒，壽親一笑宜長久。金玉滿堂空爾爲，有親舉酒世上稀。生育劬勞安可報，折梅傾酒著斑衣。

4 次韻叔父臺源歌 治平三年作

吾家叔度天與閑，曉喜著書如漆園。臺平舊基水發源，但聞淙淙下林巒。一朝斬木見萬象，吞若雲夢胸中寬。漱滌泥沙出山骨，混沌鑿竅物狀完。茶甘酒美汲雙井，魚肥稻香派百泉。暑風披襟著菡萏，夜月洗耳聽潺湲。時從甥姪置樽俎，此地端正朝諸山。除書謗書兩不到，紫煙白雲深鎖關。鄉人訟争請來決，到門懷慚相與還。呼兒理琴蕩俗氣，果在巢由季孟間。

5 息暑巖

水墨古畫山石屏，雷起龍蛇枯木藤。石囊嵌空自宮室，六月卷簟來曲肱。松風琴瑟心可寫，水寒瓜李嚼明冰。卻登夏畦視耘耔，烘顏炙背棲蒼蠅。聞道九衢塵作霧，烏靴席帽如饋蒸。歸嘗玉粒不敢飽，高車駟馬何能乘。

6 博山臺

宮亭只説香鑪峰，此地今見博山臺。紫煙孤起麗朝日，定是海山飛得來。化工造物能神奇，不必驚世出蓬萊。千年隱淪被昭洗，博山我勸爾一杯。先生髮白足力强，遥思秋風醉幾回。童兒數修掃洒職，莫使石面霑塵埃。

7 擬古雜言 元豐元年北京作

雁雁隨春風，過鄉縣。煙雨昏，行不亂。同安樂，共憂患。雲重重，不相見。日昳晡〔一〕，下平湖。十十五五依黃蘆，得粒不啄鳴相呼。新婦見雁懷征夫，上堂曳袑裾〔二〕，四拜啓阿姑〔三〕：「人言雁寄書，審能寄書無？」阿姑語新婦：「古來無此事，今安得此語？」新婦祝雁好自去，勿學水中戀涔魚。寄汝尺素上有書，塞北春寒用當襦。寄書與阿誰，我家蘇校尉，海上牧羊兒。爲言妾能事君母〔四〕，勿負漢恩作降虜。

〔一〕眣：原注：「音迭，日昃也。」

〔二〕袑：原注：「韶上聲，衣襟也。」四庫本作「裙」。

〔三〕原校：「一作下堂勞苦雁，上堂問阿姑。」

〔四〕母：原作「毋」，據四庫本改。

8 潯陽江口阻風三日 元豐三年改官太和作

枯桑最知天風高，旅人更覺時序迫。去年解官出北門，猶纜江船依賈客。狙公七芧富貴天，喜四怒三俱可憐。湖口縣前教戰鼓，聲到潯陽渡頭船。

9 舟子 并序　熙寧四年葉縣作

予自大梁過汝，求荷擔者，有舟子來應傭。行二日，釋負謝去，曰：「吾雅善操舟，甚不樂荷負之役，赬肩而汗垢，豈所久堪？歸且返吾故矣。」因遣之而作詩。

黄須客子居水濱，水行水宿忘冬春。莽渺三江五湖外，短船無地不知津。弓彎夜月射鳴雁，舷繫曉風歌采蘋。時望青旗沽白酒，醉煮白魚羹紫蓴。平生未識州縣路，鷗鳥蒹葭成四鄰。市人誘我利三倍，輟棹一出幾危身。古來有道處漁釣，豈與荷擔爲儓臣。欲論舊業誰知者，滿地車輪來往塵。言歸明月滄波上，依舊操舟妙若神。

10 思賢 并序

思賢，感楊文公遺事也。公事章聖，以直筆不得久居中。詔欲命公作某氏册文，公不聽，卒以命陳公彭年。命下之日，全家逃歸陽翟。今者道出故邑，冢木合抱〔一〕，想見風烈，故作是詩。

楊家事業絶當時，百家疏通問不疑。高文大册書鴻烈，潤色論思禁林傑。堂堂司直社稷臣，諫有用否不辱身。勁氣坐中掩虎口，忠言天上嬰龍鱗。忍能持禄保卒歲，歸去求田問四鄰。今時此事久索漠，吾恐九原公可作。我來回首行路難，城郭參差夕照間。風急饑烏噪喬木，孤墳牢落具茨山。

〔一〕木：原作「末」，據四庫本改。

11 送蘇太祝歸石城

蘇侯恃才頗跌宕，常欲立談取將相。風期家世非一朝，於我今爲丈人行。偶然把酒葉公城，胸懷披盡能謔浪。畫燭如椽吐白虹，花枝圍坐紅相映。夜如何其不忍起，風吹日照離筵上〔一〕。醉中一笑揮萬金，眼前快意誠爲當。僕夫結束底死催，馬翻玉勒嘶歸鞅。南驅面有千里塵，道遠回首幾惆悵。漢陽津上游女多，何日石城蕩兩槳。莫倚盧家有莫愁，便成翻手幸前賞。

〔一〕風吹：四庫本作「旭窗」。

12 寄季張

園中看筍已成竹，階下種槐還得陰。出門望君車馬絶，臨水問信鯉魚沈。贈君以匠石斸泥之利器，淵明無絃之素琴。此書到日可歸來，思子妙質爲知音。

13 送張仲謀

竹雞相呼泥滑滑〔一〕，夜雨連明溪漲闊。門前馬作遠行嘶，迺是張侯來訪别。入門下馬未暖席，猛如秋鷹欲飛掣〔二〕。黄花可浮惜别杯，官沽苦酸不堪設〔三〕。張侯少年氣高秀，太華孤峰帶冰雪。袖中日日有新詩，正與秋蟲同一律。吏曹不能弄以事，太尉家兒盡英悊。窮愁寂寞雙鳧縣，唯子可輸肝膽説。遊君宫室如芝蘭，於我弟兄比瓜葛。相親更覺相去難〔四〕，挽斷衫袖不忍訣〔五〕。緬懷君家方盛時，迺翁屢把連城節。北使初隨富亳州，萬死弗顧探虎穴。煌煌忠概獎王命，汝等於今仕朝列。稍聞塞上秋草黃，螗螂怒臂當車轍。將軍西擁十萬師，謀士各伸三寸舌。胡不還家讀父書，上疏論兵款天闕。燕然山石可磨鐫，誰能禦子勒勳伐。功業未成且自愛，早寄書來慰饑渴。

〔一〕相：嘉靖本校：「一作争。」

〔二〕鷹：四庫本校：「一作隼。」

〔三〕不堪：四庫本作「不可」。

〔四〕原校：「一作相從未覺歲時久。」

〔五〕原校：「一作言别奈何腸胃熱。」

14 傷歌行四首

草木搖落天沉陰，蟋蟀爲我商聲吟。高明從來畏鬼瞰，貧賤不能全孝心。蚤知義利有輕重，積羽何翅一鈞金。莫悲歸妹無錦繡，但願教兒和瑟琴。

其二

孟氏至誠通竹筍，姜詩純孝感淵魚。古人常欲養志意，君子不唯全髮膚。有妹言歸奉箕帚，仰誰出力助蒹莩〔一〕。等閒親鬢貧中白，自悔從來色養疏。

其三

諸妹欲歸囊褚單，值我薄宦多艱難。爲吏受賕恐得罪，啜菽飲水終無懽。永懷遂休一夜夢，誰與少緩百憂端。古人擇婿求過寡，取婦豈爲謀饑寒。

其四

伯夷不食周武粟，程嬰可託趙氏孤。死者復生欲無愧，受遺歸妹況在予。經營百事失本意，跬步尋常畏簡書。人間若有不税地，判盡筋力終年鋤。

〔一〕蒹：四庫本作「葭」。

15 次韻任公漸感梅花十五韻

花信風來自伊洛，稍稍花光上林薄。經年病骨怯輕寒，裁就春衫不勝著。纍纍牆底卧虚樽，醉鄉何處尋城郭。小軒假寐遊華胥，萬籟無聲鐙寂寞。落梅新詩入吾手，驚起詩魔如發愕。高文逸氣天馬趨，尾端尚許青蠅託。坐恐勾芒棄我歸，看花不及空紫萼。生前常苦不自閑，芻豢縻人受羈絡。我嗟卒歲敝鞍韉，風敗衣裾塵滿橐。輕裘緩帶多公暇，公獨奈何猶不樂。公言少年豈易知，鳳屏翠幔愁蕭索。蚤從琪樹折春飈，每見新詩淚雙落。勸公且共飲此酒，酒令雖嚴莫嗔虐。時翻舞袖間清歌，日薦南蓴羹北酪。花開莫問醜與妍，隨分眼前罄杯酌。不須憔悴減腰圍〔一〕，也學東陽沈侯約。

〔一〕減：原作「滅」，據嘉靖本改。原校：「滅疑作減。」

16 答王晦之見寄

臨西風，動商歌。故人別來少書信，爲問故人今若何。白雲濛濛迷少室，明月耿耿照秋河。可憐此月幾回缺，空城每見傷離別。郫筒朝解得君詩，讀罷涼飈奪炎熱。嗟乎晦之遺詞長於猛健〔一〕，故意淡而孤絶。有如怒流雲山三峽泉，亂下龍山千里雪。大宛天馬嘶青芻，神俊照人絶世無。自言欲解羈銜去，不能帖耳駕鹽車。朝登商山采三秀，暮上緱嶺追雙凫。紛紛黄口争粟粒，君用此策固未疏。但恐高才必爲一世用，雖有潺湲不得釣，空曠不得鋤。西風酌酒遥勸君，好去齊飛鸞鳳群。窮山遠水迺是我輩事，荷鋤把釣聽子入青雲。

〔一〕晦：原作「悔」，據四庫本改。

17 寄懷藍六在延平 崇寧二年赴宜州作

貧賤相知若吾友，取端於此能更求。德性委蛇結緑佩，文章璨爛珊瑚鉤。與君千里共明月，思子一日如三秋。願學延平兩龍劍，風波際會永同遊。

18 送焦滚明 熙寧四年葉縣作

西瞻岷山兮東望蛾眉，錦江清且漣漪。地靈山秀誕豪傑〔一〕，來入中州振羽儀。相如傲萬物，子雲窮一經。黄金賣賦聘私室，白頭大夫不公卿。窮閻卜肆間，十步一豪英。竟無人識李仲元，不可屈致嚴君平。四君德音閉黄壤，只今壟頭松柏聲。我住葉公城，常如井底坐。不謂焦夫子，聞風肯來過。焦子初見我，如蘭生幽林。春風爲披拂，始得香滿襟。中懷坦夷眉宇静，外慕淡薄天機深。花開鳥啼晝寂寂，酒闌燭明夜沈沈。人皆扶牽爛漫醉，子更把書求本心。二年與鐙火，琢子之玉鍊我金。焦夫子，我以陋邦無人把書策，邂逅逢君得三益。胡爲棄我忽遠行，手捧嘉陽從事檄。焦夫子，君起爲我舞，我其爲君歌。君方跨馬涉遠道，湖外地少山川多。霜秋摇落天日遠，西風翻翻水驚波。一筵談笑遂相失，兩地離愁各奈何。焦夫子，酒行君定起。此盃須百分，少别遂萬里。歸尋所種樹，應已數千尺。試照嘉陽水，君髮猶未白。古人不朽事，所願更勉力。别後相逢豈在言，拭目看君進明德。

〔一〕地靈山秀：原作「地露靈山」，據四庫本改

19 新寨餞南歸客〔一〕

初更月蝕缺半璧，三更北風雪平屋。夜寒置酒送歸客，長歌燕雁鐙前落。故園無書已十月，目極千里雲水隔。客方有行乃未已，歸且經予江上宅。比鄰諸老應相問，爲道於今不如昔。新知翻手覆手間，故人江南與江北。有時日高天氣清，炙背南軒把書策。可憐斯人巧言語，今已埋没黄土陌。乃知生前傾意氣，不用身後書竹帛。往在江南最少年，萬事過眼如鳥翼。夜行南山看射虎，失脚墜入崖底黑。卻攀荆棘上平田，何曾悔念身可惜。辭家上馬不反顧，談笑據鞍似無敵。邇來多病足憂虞，平地進寸退數尺。意氣索然成老翁，所有鬢髮猶未白。閑居爲婦執薪爨，宿處野人争卧席。昔壯今衰殆不如，吾恐未必不爲福。寄聲諸老善自愛，客行努力更强食。門前種柳今幾長，戒兒勿令打瀉鵲。不晚歸來躑躅間〔二〕，爲公置酒臨江閣。

〔一〕原無「客」字，據《外集補》補。

〔三〕不：四庫本作「早」，《外集補》作「春」。按「不晚」猶不久，宋人有此語。

20　答閻求仁

暮天攜手步河梁，把酒淹留斜日光。生當有別各異方，古人嗟此樂難當。大梁嬉遊少年場，春風花枝囀鸝黄。節物謝徂歲渠央，來自江南登君堂。秋氣欲動聞寒螿，會幾何日今別長。與子觀化言兩忘，浩歌放船入莽蒼。緑藻刺眼紅蕖香，潮月夜飛衣袂涼。相從宴坐歌胡床，贈言錦繡邀報章。君心温良志則剛，不能牛下學歌商。欲謝世紛自翱翔，果行此策無乃良。昔人所學浩渺茫，海涵地負無抵當。棄捐及人其粃糠，帝王之功一豪芒。既趨世故自遐疆〔一〕，何異臧穀俱亡羊。以生隨之中道傷，止吾已知終必亡。我亦聞之未能行，慨今無策可伏藏。身隨衣食葉南陽，脱身自當及康强。不待齒疏髮蒼浪，優游濠上如惠莊，論交莫逆與子相。

〔一〕疆：嘉靖本、《外集補》作「邊」。

21　戲贈王晦之

故人邇在登封居，折腰從事意何如。月明曾聽吹笙否，我亦未見緱山凫。棲苴世上風波惡，情知不似田園樂。未知嵩陽禪老之一言，何似黄石仙翁之三略。

22 觀崇德墨竹歌 并序

姨母崇德君贈新墨竹圖，且令作歌。

夜來北風元自小，何事吹折青琅玕。數枝灑落高堂上，敗葉蕭蕭煙景寒。迺是神工妙手欲自試，襲取天巧不作難。行看歎息手摩拂，落勢夭矯墨未乾。往往塵晦碧紗籠，伊人或用姓名通，未必全收俊偉功。有能藝事便白首〔一〕，不免身爲老畫工。豈如崇德君，學有古人風。揮毫李衛讓神筆〔二〕，彈琴蔡琰方入室。道韞九歲能論詩，龍女早年先悟佛。弈棋樵客腐柯還，吹笙仙子下緱山。更能遇物寫形似，落筆不待施青丹。尤知賞異老蒼節，獨與長松凌歲寒。世俗甯知真與僞，揮霍紛紜鬼神事。黄塵汙眼輕白日，卷軸無人得覘視。見我好吟愛畫勝他人，直謂子美當前身。贈圖索歌追故事，才薄豈易終斯文。所愛子猷發嘉興，不可一日無此君。吾家書齋符青壁，手種蒼琅十數百。一官偶仕葉公城，道遠莫致心慘戚。我方得此興不孤，造次卷置隨琴書。思歸才有故園夢，便可呼兒開此圖。

〔一〕藝：原缺，據《外集補》補。

〔三〕自注：「衛夫人，尚書郎李充母也，母以夫姓，自稱李衛。」又「讓」，《外集補》作「言」。

23 送陳蕭縣

欲留君以陳遵投轄之飲，不如送君以陶令無絃之琴。酒嫌别後風吹醒，琴爲無絃方見心。去夏雨餘清夜醉，黄鸝不覺報春深。花枝柳色競鮮好，迺是前日枯朽林。人生用捨四時可，壯士憔悴非獨今。大夫黄綬領垂素，二十餘年走塵土。盈車載書遺兒讀，不悔早爲文墨誤。治聲翕然先向東，古蕭子國今萬户。德性忠純吏不欺，閨門孝友民所慕。麥隴童兒憐雉乳，冰天窮子兼襦袴。愔愔琴意如温風，迺知不必徽絃具。明月清河佳可遊，官倉縻我不得去。白露爲霜水一篙，秋香蓮蕩浮輕舠。此中亦有無絃意，相憶樽前把蟹螯。

24 致政王殿丞逍遥亭

漆園著書五十二，致意最在《逍遥遊》。後來作者逐音響，百一未必知莊周。幽人往往泥出處，俗士不可與莊語。逍遥如何，一蛇一龍。以無爲當有〔一〕，以守雌爲雄。與物無對，無内無外。與民成功，有□有對〔二〕。左肘生楊觀物化，右臂爲雞即時夜。果若乘氣有待游，如何六氣無窮謝。天之蒼蒼非正色，道真微妙安可得。利害叢中火甚多〔三〕，此心寂寞誰能識。丈人春秋誠未高〔四〕，視聽聰明齒牙牢。所爲淳拙有深越，持置酷似巨山陶。平生剛直折不得，目送飛鴻向賓客。早束衣冠林底眠，非關暮年俗眼白。種田百畝初爲酒，買地一區今有宅。家人歲計不嬰心，兩兒長不能措畫。邇來信已不問天，萬事逍遥只眼前。何必讀書始曉事，此翁暗合莊生意。

〔一〕當有：原作「有當」，據四庫本乙。

〔二〕缺字四庫本補作「物」。

〔三〕火：原作「大」，據四庫本改。《莊子·外物》：「利害相摩，生火甚多」。

〔四〕丈：原作「文」，據文意改。

25 送何君庸上贛石〔一〕

臘梅開盡欲凋年，痛飲千江壁底眠。江寒山瘦思親友，歸守平生二頃田。西昌萬户深篁竹，楚國無人知白玉。欲附絃歌慰寂寥，絃斷枯桐誰識曲。樽前頃曲客姓周，學問東山繼先流。梅花惱人已落盡，真成何遜醉揚州。我今頷底髭半白，背世□□學春秋。此書百年鎖蛛網，亦謂歲晚逢何休〔二〕。荀侯畫謀取垂棘，之奇貪賢無處適。大庾嶺頭煙雨中，萬峰插天如劍直。苦褭行李冰繞須〔三〕，野店酒旗可試沽。只今人才不易得，儻逢滁器識相如〔四〕。

〔一〕自注：「醉中作。」光緒本原注：「時元豐五年。君庸，太和簿。」
〔二〕逢：四庫本作「成」。
〔三〕褭：原注：「音懷。」
〔四〕識：《外集補》作「試」。

宋黄文節公全集·外集卷第十六

詩

七言古

1 賦陳季張北軒杏花 得酒字 熙寧四年葉縣作

青春不揀勢薄厚，春到人家盡花柳。杏園主人殊未來，豈謂一枝先入手。天晴日暖籠紫煙，鏡裏紅粧猶帶酒。江梅已盡桃李遲，此時此花即吾友。欄邊漸雨枝上空〔一〕，歎息躊躇爲之久。榮衰何異人一生，少壯蹔時成老醜。狂癡未解惜光陰，不飲十人常八九。豈如大醉升糟丘，太古乾坤隨處有。更當種子如董仙，摶米誰能問升斗〔二〕。

〔一〕雨：原校：「一作滿。」《外集補》作「滿」。

〔二〕原注：「董奉事見葛洪《神仙傳》。」

2 再和答張仲謀陳純益兄弟

渡江羈宦襄江北，紅塵染盡春衫色。春畬輟耕草苒苒，瘦妻病餘廢組織。官倉得粟何常飽，清夜饑腸吟唧唧。西風吹夢到故鄉，千里關山雲水白。可憐奪卻田園樂，何異萬金輸一擲。亂轍曾無長者車，經年不造先生席。張侯少年二陳俊，傾蓋能如舊相識。涼秋夏日數來過，要與六經生羽翼。貧家雖無樽酒懽，小徑曾鉏待三益。劇談莫問井闌干，坐須山月吐半壁。

3 飲城南即事 元豐二年北京作

陰陰花柳一百五，吹空白綿亂紅雨。已看燕子飛入簾，未有黄鶯學人語。鬭雞走狗輕薄兒，衣裾相鮮氣相許。半是墦間醉飽人，還家驕色羞婦女。顧侯邀客出城南，曉蹋天街已塵土。春風遊絲人到狂，何況客醉日當午。著作文章名譽早，不愧漢庭御史祖。元城茂宰民父母，境不飛蝗河渡虎。何侯家世看豐碑，墨摹萬卷心奇古。潁陰從事江左賢，八詠樓高風月苦。劉郎曾眠武陵源，好在桃花迷處所。鄙夫漫有腹便便，懶書欲眠誰比數。一笑相懽自難得，看朱成碧更起舞。任他小兒拍手笑，插花走馬及嚴鼓。顧侯三酌似已多，明日花飛奈老何。

4 宣九家賦雪〔一〕 元豐八年祕書省作

都城窮臘月半破，晚來雪雲應朝課。虚簷稍聞飄瓦聲，六花連空若推墮。翩翩恐逐歌吹來，皎皎不受塵泥涴。試尋高處望雙闕，佳氣葱葱寒貼妥。遥知萬馬駕紫宸，把燭天街聽宫鑠〔二〕。吾人豈解占豐年，但喜酒樽宜附火。石鼎香浮北焙茶〔三〕，洪鑪𣪍爆宣城果。陸珍海異厭下筯，别索百種煩烹和。僕奴睥睨費呼叱，主人愛客無不可。馮向江船問子猷，山陰夜醉何如我。北鄰長吉最能詩，怯寒正想重裘坐。故遣長須屢送來，猶得王孫噉飯顆。

〔一〕原注：「宣九謂宗室宣州院第九家者。」

〔二〕天：原作「大」，據緝香堂本改。

〔三〕鼎：原作「鼐」，據四庫本改。

5 和舍弟中秋月 元豐二年北京作

高秋摇落四十五，清都早霜彫桂叢。纖塵不隔四維浄，寒光獨照萬象中。少年氣與節物競，詩豪酒聖難争鋒。桓伊老驥思千里，尚能三弄當清風。廣文陋儒懶於事，浩歌不眠倚梧桐。百憂生火作内熱，何時心與此月同。後生晚出不勉學，從漢至今無揚雄。天馬權奇大宛種，吾家阿熊風骨聳。言詩已出靈運前，行身未聞孟軻勇。明窗文字不取讀，蜘蛛結網塵堆壅。少壯幾時夏已秋，待而成人吾木拱。憐汝起予秋月篇，我衰安得筆如椽。但使樽中常有酒，不辭坐上更無氈。把詩問字爲汝説，便當侯家歌舞筵。

6 和世弼中秋月詠懷 熙寧八年北京作

一年中秋最明月，也照貧家門户來。清光適從人意滿，壺觴政爲詩社開。秋空高明萬物静，此時乃見天地性。廣文官舍非吏曹，況得數子發嘉興。千古風流有詩在，百憂坐忘知酒聖。露華侵衣寒耿耿，絶勝永夏處深甑。人生此歡良獨難，夜如何其看斗柄。王甥俊氣横九州，樽前爲予商聲謳。松煙灑落成珠玉，溪藤卷舒爛銀鉤。北門樓鹵地險壯，金堤濁河天上流。離宫殿閣礙飛鳥，霸業池臺連禿鶖。當日西園湛清夜，冠蓋追隨皆貴游。使臣詞句高突兀，慷慨悲壯如曹劉。我於人間觸事懶，身世江湖一白鷗。空餘詩酒興不淺，尚能呻吟卧糟丘。偶然青衫五斗米，奪去黄柑千户侯。永懷丹楓樹微脱，洞庭瀟湘晚風休。晴波上下掛明鏡，棹歌放船空際浮。不須乞靈向沈謝，清興自與耳目謀。江山於人端有助，君不見至今宋玉傳悲秋。期君異時明月夜，把酒岳陽黄鶴樓。

7 送魏君俞知宿遷

魏侯得名能治劇，江湖作吏聲籍籍。人言才似鉅鹿公，詔書擢守二千石。前日見賢後得罪，艾封雴襟復自悔。牛刀割雞不作難，看公來上宿遷最。

8 送朱晛中允宰宋城〔一〕元豐元年北京作

鄴王臺邊春一空，但有雪飛楊柳風。我從南陽解歸橐，重簾複幕坐學宫。酒材苦責公釀薄，欲經醉鄉無路通。奈何當此意緒惡，僚友決去如飛鴻。朱侯官居鄴城下，不脱轡銜秣征馬。緑槐陰陰門對街，唯我知君少閑暇。新從天上拜書回，去效割雞宋之野。宋城萬家有和氣，明府豈弟心傾寫。愧君乞言極忠厚，安得瓊瑶贈盈把。古來爲縣有盛名，不遛墾田歸桑柘〔二〕。欲蘇濁水頳尾魚，舞文吏胥無假借。朝廷本意在治安，外論不然可驚嗟。豈如規摹跨三代，首聽官師困鰥寡。簿書期會可半功〔三〕，區别枉直教刑中。朱侯明日君定行，行作刑至載割，及民無辜受笞罵。權衡此心坐堂奥，草木遂生蟲蟻化。杜光李觸熱時已夏。我官雀鼠盜太倉，欲去猶須畢婚嫁。幾時可上君政成，即買扁舟極東下。

〔一〕原注：「宋城屬南京。」

〔二〕遛：四庫本作「過」。
〔三〕簿書期會：四庫本作「期會簿書」。

9 送醇父歸蔡 熙寧三年葉縣作

北風飄飄天作惡，枯林已無葉可落。寒溪濺濺聲迫人，歲聿云莫慘不樂。此時陳子迺棄我，歸將索綯亟乘屋。吾室尚潭潭，留君欲晤談。掉頭去不顧，明發解征驂。君來久相從，知我無所堪。好學勇如虎，讀書青出藍。有疑必考擊，無奥不窮探。愧無洪鐘響，十不答二三。慨予方食貧，予腹豈屢厭。藜羹稀糝毛，寒葅薄醯鹽。雖欲苦留君，俎豆無加添。從來婚友間，恩義亦云兼。草枯方兀兀，麥秀待漸漸。緑髮佳少年，回首垂白髯。進德失盛時，時甯爲人淹。經綸自封植，豈不如春蠶。此行決矣戒童僕，歸旁南陔種蘭菊。旅床夜夜悲蛩蟹，行色村中異風俗。青鐙白酒留故人，莫愛一醉至曉角。

10 次韻七兄青陽驛西阻水見寄 元豐元年北京作

挽船逆牽九牛尾，寸步關梁論萬里。淮山終日只對面，與船低昂如角抵。水工爬涉未曾去，遠者盈尋近盈咫。長堤夜射千丈潭，疾雷不及先掩耳。吾人猶困坎井泥，何算鯹蝦著塵滓。我家詩翁坐長歌，險阻艱難實經履。稍尋牛豕畦疃行，始得村落魚菜市。風榆雨柳愁殺人，日西月東若流水。忽然槌鼓催發船，入門驩甚折屐齒。道逢耦耕試借問，往往見謂知津矣。十年奔走營曉炊，家居暖席能得幾。此行幹蠱維叔父，攻苦食辛等醇醴。官筒之詩鄴城下，孝友懇惻見表裏。强哦竹間惜寡和，如以罷兵取堅壘。何當車馬城南來，壽親一樽開宴喜。

11 酌別世弼 熙寧八年北京作

王郎婚友平生期，學問文章過吾黨。一見懸知白璧奇，三年未負青雲賞。蘇秦六印自多金，陶朱再相宜藏鏹。貧賤相知乃爲貴，功名所在何須枉。鄴王城下倒清樽，子雲書中羃蛛網。樽前惜別語萬千，門外催發人三兩。自從相見開青眼，無處會面如天上。傾壺倒榼駐車馬，豈但呼鐙照甖旊。平生相從忘歲月，手足割裂誠迷惘。譬如旁人看疥癩，未易能去膚髮痒。但願自思恩愛間，勿以眼前劇愁想。

12 叔誨宿邀湖上之遊以故不果往

芰荷採盡荇田田，湖光價當酒十千。主人邀客殊未來，西風枕簟廢書眠。睡罷書窗翻墨汁，龍蛇起陸雲雨濕。晚筵紅袖勸傾盃，公榮坐遠酌不及。章臺柳色未知秋，折與行人鞭紫騮。金城手種亦如此，今日摇落令人愁。雙飛鴛鴦一朝隻，春鉏欲匹畏白鷗。風標公子誠自多，波浄月明如鵠何。

13 次韻坦夫見惠長句 熙寧二年葉縣作

温風撩人隨處去，欲如羶羊蟻旋慕。落英馬前高下飛，牽挽忽與樽酒遇〔一〕。令行如水萬夫長，傾蓋不減平生故。素衣成緇面黧黑，笑説塵沙工點汙〔二〕。王事賢勞尚有詩，自卷溪藤染霜兔。桃李清陰坐未移，走送雄篇疲健步。張侯先不露文章，十年深深豹藏霧。欻來聽訟小棠陰，千里鳴絃舞韶護。我名最落諸人後，頓使漂山由衆呴。伐木丁丁愧友聲，食苹呦呦懷野聚。谷陽舊壘一片春，勤我引領西南傃。遥知紅紫能亂眼，錦衾作夢高唐賦。簡書留拘四十里，夢魂明月識歸路〔三〕。公才富比滄海宫，明珠珊瑚凡幾庫。惠連辛上麥纖纖〔四〕，喜公猶得春草句〔五〕。明朝折柳作馬箠，想見杯盤咄嗟具。風光暫來不供翫，大似横塘過飛鶩。甕面浮蛆暖更多，氣味煩公卒調護。樹頭樹底勸提壺，南岡北岡教脱袴。春衣可著愜醉眠，急觴催傳莫論數。

〔一〕牽挽：原校：「一作引挽。」

〔二〕汗：原作「汗」，據四庫本改。
〔三〕月：原作「明」，據《外集補》改。
〔四〕自注：「予早與仲和遊，仲和才甚秀。」
〔五〕喜：四庫本作「夢」。

14 奉和慎思寺丞太康傳舍相逢并寄扶溝程太丞尉氏孫著作二十韻 元豐元年北京作

扶亭大夫伯淳父，平生執鞭所欣慕。蚤年學問多東南，形阻江山想神遇。阮籍臺邊有一人，愛歎非爲婚姻故。民言令君明且清，玉壺寒冰不受污。我從王事驅傳馬，落日東走駭麏兔。問知鄰境欲過之，簡書有程嚴寸步。胸懷作惡無處説，天氣昏昏月含霧。故人如從空中落，逼耳好鳥鳴韶護。野桃窈窕風翦拂，官柳低昂春燠昫。政由人好景亦好，燒燭續書笑言聚〔一〕。同懷兩賢孤此樂，無物可寫心傾倮。鄧侯詩成錦繡段，浣花屑玉邀我賦。今年病起疏酒盃，醉鄉荆棘歸無路。詩窮浄欲四壁立，奈何可當杜武庫。不似灞橋風雪中，半臂騎驢得佳句。濟時之才吾豈敢，樗櫟初無廊廟具。上車不落强顔耳，伏食官倉等雞鶩。只欲苦留公把酒，都畿千里勤督護。及得歸時穀雨餘，已剪輕衣换袍袴。

春色衰從一片飛，況迺紛紛不知數。

〔一〕續：四庫本作「讀」。

15 觀王熙叔唐本草書歌

少時草聖學鍾王，意氣欲齊韋與張。家藏古本數十百，千奇萬怪常搜索。今得君家一卷書，始覺辛勤總無益。移鐙近前拭眼看，精神高秀非人力。北風古樹折巔崖，蒼煙寒籐掛絶壁。逸氣崢嶸馳萬馬，隻字千金不當價。想初槃礴落筆時，毫端已與心機化。主人知是希世奇，但見姓氏無標題。自非高閑懷素不能此，何必更辨當年誰〔一〕。

〔一〕年：四庫本作「是」。

16 擬古樂府長相思寄黄幾復 治平三年作

江南江北春水長，中有一人遥相望。字曰金蘭服衆芳，妙歌揚聲傾滿堂。滿堂動色不入耳，四海知音能有幾。惟予與汝交莫逆，心期那間千萬里。欲憑緑水之雙魚，爲寄腹中之素書。溪回嶼轉恐失路，夜半不眠起躊躇。

17 古樂府白紵四時歌

桃李欲開風雨多〔一〕，籠絃束管奈春何〔二〕。風休雨静花滿地〔三〕，時節去我如驚波〔四〕。少年志願不成就〔五〕，日月星辰役昏晝〔六〕。俟河之清未有期〔七〕，斗酒聊爲社公壽。

其二

日晴桑葉緑宛宛〔八〕，春蠶忽忽都成繭。繰車宛轉頭緒多，相思如此心亂何。少年志願不成就〔九〕，故年主人且恩舊。及河之清八月來，斗酒聊爲社公壽。

其三

絡緯驚秋鳴唧唧〔一〇〕，美人停鐙中夜織〔一一〕。回文中有白頭吟，人生難得相知心。少年志願不成就〔一二〕，故年主人且恩舊。及河之清八月來，斗酒聊爲社公壽。

其四

北風降霜松柏彫〔一三〕，天形慘澹光景銷〔一四〕。山河夜半失故處〔一五〕，何地藏舟無動摇〔一六〕。少年志願不成就〔一七〕，故年主人且恩舊。及河之清八月來，斗酒聊爲社公壽。

〔一〕欲開：原校：「一作在時。」
〔二〕原校：「一作關鏁管絃絶經過。」
〔三〕原校：「一作落花著地深一尺。」
〔四〕原校：「一作安用風日更妍和。」
〔五〕少年志願：原校：「一作燕燕作巢。」
〔六〕原校：「一作故年主人且恩舊。」
〔七〕原校：「一作及河之清八月來。」
〔八〕日晴桑葉：原校：「一作柔桑日長。」
〔九〕少年志願：原校：「一作燕燕作巢。」
〔一〇〕絡緯驚秋鳴：原校：「一作草根風裏蟲。」
〔一一〕停：原校：「一作張。」中夜：原校：「一作夜半。」
〔一二〕少年志願：原校：「一作燕燕作巢。」
〔一三〕彫：原校：「一作休。」
〔一四〕慘淡：原校：「一作濯瘦。」銷：原校：「一作愁。」
〔一五〕原校：「一作冰底長河日夜流。」
〔一六〕原校：「一作美人贈我狐白裘。」

〔七〕少年志願：原校：「一作燕燕作巢。」

18 韓信〔一〕治平三年

韓生高才跨一世，劉項存亡翻手耳。終然不忍負沛公，頗似從容得天意。成皋日夜望救兵，取齊自重身已輕。躡足封王能早寤，豈恨淮陰食千户。雖知天下有所歸，獨憐身與噲等齊。蒯通狂説不足撼〔二〕，陳稀孺子胡能爲。予嘗貰酒淮陰市，韓信廟前木十圍。千年事與浮雲去，想見留侯決是非。丈夫出身佐明主，用舍行藏可自知〔三〕。功名邂逅軒天地〔四〕，萬事當觀失意時。

〔一〕自注：「爲黄幾復作。」

〔二〕不足撼：《外集補》翁方綱校：「《精華》（按：指《黄太史精華録》）作不可撼。」

〔三〕可：《外集補》校：「《精華》作要。」

〔四〕軒：《外集補》校：「《精華》作掀。」

19 淮陰侯〔一〕

韓生沈鷙非悍勇，笑出胯下良自重。滕公不斬世未知，蕭相自追王始用。成安書生自聖賢，左仁右聖兵在咽〔二〕。萬人背水亦書意，獨驅市井收萬全。功成廣武坐東向，人言將軍真漢將。兔死狗烹姑置之，此事已足千年垂。君不見丞相商君用秦國，平生趙良頭雪白。〔三〕

〔一〕《外集補》校：「《精華》無此題，而前題下云《韓信二首》。」

〔二〕聖：《外集補》校：「《精華》作義。」

〔三〕原注：「按畱注載蜀本云：『韓生沈鷙非悍勇，俛身跨下真自重。滕公不斬人未知，蕭相自追王始用。從來儒者溺所聞，奇兵果斬成安君。功成千金購降虜，東面置坐師廣武。軍前定策收萬全，燕齊争下如風旋。雖云晚計大疏略，此事已足垂千年。君不見秦丞相、衛公子，立法治秦薄如紙。法行投鼠不忌器，乃是天資少恩爾。白頭故人一趙良，忠言過耳棄路傍。吾固知功名成敗不足據，直觀古人用心處。』王直方立之云：元豐初，山谷過下邳淮陰廟作以示，孫莘老言其太過，無含蓄。山谷然之，遂改今詩。」

20 戲贈張叔甫集句　熙寧元年葉縣作

團扇復團扇，因風託方便。銜泥巢君屋，雙燕令人羨。張公子，時相見。張公一生江海客，文章獻納麒麟殿。文采風流今尚存，看君不合長貧賤。醉中往往愛逃禪，解道澄江靜如練。淮南百宗經行處，攜手落日回高宴。城上烏，尾畢逋。塵沙立暝途，惟有摩尼珠。雲夢澤南州，更有赤須胡。與君歌一曲，長鋏歸來乎。出無車，食無魚。不須聞此意慘愴，幸是元無免破除。脱吾帽，向君笑。有似山開萬里雲，論心何必先同調。河之水，去悠悠。將家就魚米，四海一扁舟。頭陀雲外多僧氣，直到湖南天盡頭。潭府邑中甚淳古，還如何遜在揚州。但得長年飽喫飯，苦無官況莫來休〔一〕。

〔一〕莫：四庫本作「算」。

21 以右軍書數種贈丘十四 元豐三年太和作

丘郎氣如春景晴，風暄百果草木生〔一〕。眼如霜鶻齒玉冰，擁書環坐愛窗明。松花泛硯摹真行，字身藏穎秀勁清，問誰學之果《蘭亭》。我昔頗復喜墨卿，銀鈎蠆尾爛箱籝，贈君鋪案黏曲屏。小字莫作癡凍蠅，《樂毅論》勝《遺教經》。大字無過《瘞鶴銘》，官奴作草欺伯英。隨人作計終後人，自成一家始逼真。卿家小女名阿潛，眉目似翁有精神。試留此書他日學，往往不減衛夫人。

〔一〕原校：「一作桃李之下巽自成。」

22　李君貺借示其祖西臺學士草聖并書帖一編二軸以詩還之〔一〕

當時高蹈翰墨場〔二〕，江南李氏洛下楊〔三〕。二人没後數來者〔四〕，西臺唯有尚書郎〔五〕。篆科草聖凡幾家，奄有漢魏跨兩唐。紙摹石鏤見彷彿，曾未得似君家藏。側釐數幅冰不及，字體欹傾墨猶濕。明窗棐几開卷看，坐客失䏚皆起立。新春一聲雷未聞〔六〕，何得龍蛇已驚蟄〔七〕。仲將伯英無後塵〔八〕，邇來此公下筆親〔九〕。使之早出見李衛〔一〇〕，不獨右軍能逼人。枯林棲鵶滿僧院〔一一〕，秀句争傳兩京徧〔一二〕。文工墨妙九原荒，伊洛氣象今凄涼。夜光入手愛不得，還君復入古錦囊。此後臨池無筆法，時時夢到君書堂。

〔一〕二：四庫本作「三」。

〔二〕高蹈翰墨場：原校：「一作籍甚翰墨場。」

〔三〕原校：「一作天下最數沈與楊。」

〔四〕殁後數來者：原校：「一作去後文在誰。」

〔五〕唯有：原校：「一作天見。」

〔六〕一聲雷未聞：原校：「一作曾未聞雷聲。」

〔七〕得：原校：「一作事。」

〔八〕原校：「一作縱橫渾脱若有神。」

〔九〕原校：「一作意匠直與真宰親。」

〔一〇〕之：原校：「一作公。」

〔一一〕原校：「一作書家每欲焚筆硯。」

〔一三〕原校：「一作詩就争傳兩都遍。」

23 吉老許惠李北海石室碑以詩及之〔一〕元豐六年太和作

往時李北海，翰墨妙天下。石室蒼苔世未知，公獨得本今無價。肉字不肥藏兔鋒，郎官壁刊佳處同。願公倒篋遨持贈，免斷銀鈎輸蠹蟲。

〔一〕及：四庫本作「促」。

24 題羅山人覽輝樓 元豐八年德平作

鳳皇山人開竹徑，樓成溪山深照映。眉間鬱鬱似陰功，壺中有丸續人命。勸君洗竹買梧桐，鳳何時來駕歸鴻。思齊大任政勤苦，來聽天子歌《南風》。

25 西禪聽戴道士彈琴 熙寧八年北京作

靈宮蒼煙蔭老柏，風吹霜空月生魄。群鳥得巢寒夜静，市井收聲虚室白〔一〕。少年抱琴爲予來，乃是天台桃源未歸客。危冠匡坐如無傍，弄絃鏗鏗鐙燭光。誰言伯牙絶絃鍾期死，泰山峨峨水湯湯。春天百鳥語撩亂，風蕩楊花無畔岸。微霧愁猿抱山木，玄冬孤鴻度雲漢。斧斤丁丁空谷樵，幽泉落澗夜蕭蕭。十二峰前巫峽雨，七八月後錢塘潮。孝子流離在中野，羈臣歸來哭亡社。空牀思婦感蟰蛸，暮年遺老依桑柘。人言此曲不堪聽，我憐酷解寫人情。悲歌浩歎絃欲斷，翻作恬淡雍容聲。五絃横坐巖廊静，薰風南天厚民性。人言帝力何有哉，鳳凰麒麟舞虞詠。我思五代如探湯，真人指揮定四方。昭陵仁心及蟲蟻，百蠻九譯覡天光。極知功高樂未稱，誰能持此獻樂正。賤臣疏遠安敢言，且欲空江寒灘静。漁艇幽人知我心悠哉，更作嚴陵在釣臺。吾知之矣師且止，安得長竿入手來。

〔一〕室：原作「空」，據嘉靖本、《外集補》改。《莊子》：「虚室生白。」

26 題安石榴雙葉 元豐五年太和作

紅榴雙葉元自雙，誰能一朝使渠隻。如何陳張刎頸交，借兵相亡不餘力。有情著物抵死争〔一〕，誰能有形而無情。

〔一〕抵：原作「指」，據《外集補》改。

27 題虔州東禪圓照師新作御書閣 元豐四年太和作

城東寶坊金翠重，道人修惠翦蒿蓬。一瓶一鉢三十年，瓊榱碧瓦上秋空。稻田磨衲擁黄髮，更築書閣諸天中。三后在天遺聖墨，百神受職扶琳宫。文思帝澤餘温潤，雨露下國常年豐。章川貢川結襟帶，梅嶺桂嶺來朝宗。參旗斗柄略欄楯，清坐耳聞河漢風。道人飽參口掛壁，頗喜作詩如己公。家風秀句刻琬琰，邀我落筆何能工。安得雄文壓勝境，九原唤起杜陵翁。

28 送權郡孫承議歸宜春 元豐五年太和作

宜春别駕鄉丈人，來假廬陵二千石。虚舟無事鷗與遊，良賈深藏客争席。諸公鞭朴立威名，公獨愛民如父兄。諸公馭吏如束濕，公使人人得盡情。人情居官若郵傳，假守攝丞尤自便。憂念公家眉不開，誰能勤民廢寢膳。贈行欲借筆如椽，公不肯留鼓催船。歸到宜春問春事，班班筍竿蕨破拳。廖侯爲邦用詩禮，府中無事多燕喜。看公談笑面生春，更爲鄉園蓺桃李。

29 戲題

平生性拙觸事真，醉裏笑談多忤人。安得眼前只有清風與明月，美酒百船酬一春。

30 戲題承天寺法堂前柏 元豐四年太和作

樹底蒲團禪老家〔一〕，高僧倚坐日西斜。有人試問西來事，無處安排玉如意。方丈風旛動不同〔二〕，不道風幡境亦空。開口已非無問處，高憎不語人歸去。

〔一〕蒲：原作「滿」，據《外集補》改。

〔二〕「丈」原作「者」，「同」原作「問」，並據《外集補》改。

31 藥名詩奉送楊十三子問省親清江〔一〕 元豐五年太和作

楊侯濟北使君子〔二〕，幕府從容理文史。府中無事吏早休，陟釐秋兔寫銀鈎。駝峰桂蠹樽酒緑，樗蒲黄昏唤燒燭。天南星移醉不歸，愛君清如寒冰玉。葳蕤韭薺煮餅香，别筵君當歸故鄉。諸公爲子空青眼，天門東邊虚薦章。爲言同列當推轂，豈有妒婦反專房。

射工含沙幸人過，水章獨摇能腐腸。山風轟轟虎須怒，千金之子戒垂堂。壽親頰如木丹色，胡麻炊飯玉爲漿。婆娑石上舞林影，付與一世專雌黄。寂寞吾意立奴會，可忍冬花不盡觴。春陰滿地膚生粟，琵琶催醉喧啄木。艷歌驚落梁上塵，桃葉桃根斷腸曲。高帆駕天衢水花，灣頭東風轉柂牙〔三〕。飛廉吹盡别時雨，江愁新月夜明沙。

〔一〕子問：原作「予問」，據《山谷年譜》改。

〔二〕濟北：原作「齊比」，據四庫本改。

〔三〕柂：原作「施」，據《外集補》改。柂同柁。

32 次韻舍弟喜雨 元豐六年太和作

時雨真成大有年，斯民溝壑救將然。麥根肥潤桑葉大〔一〕，春壠未鉏蠶未眠。奔走風雨連曉色，起尋佳句寫田拳〔二〕。李成六幅驟雨筆，掛在東南樓閣前。

〔一〕麥根肥潤：原作「□根肥□」，據四庫本補。

〔二〕田：四庫本作「由」。按「田拳」、「由拳」皆不可通，疑當作「雨拳」。《苕溪漁隱叢話》前集卷五五引《王直方詩話》云：東坡之姻親王禹錫曾作《賀知縣喜雨》，詩云：「打葉雨拳隨手重，吹涼風口逐人來。」山谷此詩相近，故用其詞。後以形近訛爲田、由。

33 答何君表感古冢 元豐四年太和作

黑頭萬蟲地上行〔一〕，大鈞鉅冶之化生〔二〕。反復生没如車軫，直與歲月爲將迎。至人獨解諸物攖，鍊神含嚼太和精。不取造化相經營，三天八景遂飛昇。何郎少年毛骨清，天機純粹氣坦平。子有青簡當刊名，應知鍊修未易成。一世危脆無堅凝，外慕掩襲真氣零。朝花薄莫不能榮，琳宫金書有丹經。胡不還魂游黄庭，何爲臨冢惋枯形，使予丹元童子驚。

〔一〕黑：原作「墨」，據嘉靖本改。
〔二〕鈞：原作「鉤」，據《外集補》改。

34 會稽竹箭爲蘄春傅尉作

會稽竹箭天下聞，青嶺霜笴摇紫雲。金作僕姑如鳥翼，壯士持用横三軍。邇來場師無遠慮，翦伐柔萌薦葅茹。人間禦武急難才，不得生民飽霜露。嘉瓜美果無他長，取升俎豆獻壺觴。奈何生與此等伍，大器小用良可傷。吾聞先王用人力〔一〕，不足有餘無損益。碩人俣俣舞公庭，長詠《國風》三歎息。

〔一〕王：原作「生」，據四庫本改。

35 招隱寄李元中〔一〕 元豐四年太和作

吾聞李元中，學爲古人青出藍。眉目之間如太華，一段翠氣連終南。我欲從之路阻長，朱顔日夜驚波往。蒼梧玉琯生蛛網，老翁忘味傾心賞。眼前記一不識十，谷中白駒閟音響。灊山南間卧青牛，萬壑松聲不得游。願君爲阿閣之紫鳳，莫作江湖之白鷗。

〔一〕原注：「元中，名沖元。」

36 戲贈潘供奉 元豐四年葉縣作

潘郎小時白如玉〔一〕，上學覓歸如杜鵑。當年屢過乃翁家，沽酒煮蟹不論錢。大梁相逢初不識，黄塵漬面催挽船。不如去作萬騎將，黑頭日致青雲上。

〔一〕白如：《外集補》作「如白」。

37 吉老兩和示戲答

欲聘石室碑，小詩委庭下。頗似山陰寫道經，雖與群鵝不當價。畫沙無地覓錐鋒，點勘永和書法同。人言外論殊不爾，勿持明冰照夏蟲。

宋黃文節公全集·外集卷第十七

詩

五言律

1 寄新茶與南禪師 熙寧元年葉縣作

筠焙熟香茶，能醫病眼花。因甘野夫食，聊寄法王家。石鉢收雲液，銅缾煮露華。一甌資舌本，吾欲問三車。

2 早行 熙寧元年赴葉縣作

失枕驚先起，人家半夢中。聞雞憑早晏，占斗辨西東。轡溼知行露，衣單覺曉風。秋陽弄光影，忽吐半林紅。

3 三月壬申同堯民希孝觀浄名寺經藏得弘明集中沈炯同庾肩吾諸人游明慶寺詩次韻奉呈二公 鷲嶺三層塔，菴園一講堂。馴烏逐飯磬，狎獸繞禪牀。摘菊山無酒，燃松夜有香。幸得同高勝，於此瑩心王〔一〕。元豐二年北京作。

秘藏開新譯，天花雨舊堂。證經多寶塔，寢疾浄名牀。鳥語雜歌頌，蛛絲凝篆香〔二〕。同游得晁李〔三〕，談道過何王。

〔一〕以上所引詩，「嶺」原誤「道」，「園」原誤「固」，「講」原誤「重」，「馴」原誤「副」，「飯」原誤「齋」，「同」原誤「聞」，「瑩心」原作「憲□」，并據磧砂藏經本《廣弘明集》卷三〇陳炯《同庾中庶肩吾周處士弘讓游明慶寺》詩改。

〔二〕凝：原校：「凝一作疑。」

〔三〕晁：原作「是」。按當作「晁」，「晁李」即題中之「堯民、希孝」。堯民，晁端仁字，《正集》有《八音歌贈晁堯民》等詩。

4 寄張仲謀 熙寧四年葉縣作

好在張公子，清秋應苦吟。衣穿慈母綫，囊罄旅人金。早晚辭天闕，歸來慰陸沈。黄花一樽酒，期與爾同斟。

5 次韻春遊別説道二首 熙寧三年葉縣作

愁眼看春色，城西醉夢中。柳分榆莢翠，桃上竹梢紅〔一〕。燕濕社翁雨，鶯啼花信風。別離感貧賤，殷子正書空。

其二

青春倚江閣，萬象客愁中。江水不勝緑，簷花無賴紅。欹斜半簾日，留滯一帆風。攜手離筵上，清樽不易空。

〔一〕梢：原作「稍」，據四庫本改。

6 和知命招晁道夫叔姪〔一〕元豐五年太和作

過我諸公子，寂寥非世娱。茶須親碾試，酒可倩行沽。日永烏皮几，窗寒竹火鑪。不來尋翰墨，僮僕解吴歈。

〔一〕晁：原無，據《山谷年譜》補。

7 再次韻戲贈道夫

名教自樂地，思君相與娱。囊錐見末疾，櫝玉待時沽。雨歇鳴鳩樹，薰銷睡鴨鑪。不來應夢起，子學揶歈欹〔一〕。

〔一〕揶：原注「音耶」。歈：原注「音移」。

8 和庭誨雨後　熙寧八年北京作

小齋臥觀書，涼軒夏簟舒。天青印鳥跡，雲黑卷犀渠。新月來高樹，清風轉廣除。雨師真解事，一爲洗空虚。

9 和庭誨苦雨不出

端居廣文舍〔一〕，暑服似純綿。緑竹塵蒙合，紅榴日炙蔫。披襟風入幌，灑面雨連天。莫借角巾墊，勤來坐馬韉〔二〕。

〔一〕居：原作「舌」，據《外集補》改。
〔二〕自注：「老杜有『兒去看魚笱，人來坐馬韉』之句。」

10 次韻庭誨按秋課出城

風鳴落葉地〔一〕，露著晚瓜田。官道奔車氣，經家煮棗煙。穫人歌捏捏，公子騎翩翩。旁舍未隱舉，明秋願有年。

〔一〕葉：原作「意」，據《外集補》改。

11 次韻晉之五丈賞壓沙寺梨花 元豐元年北京作

沙頭十日春，當日誰手種。風飄香未改，雪壓枝自重。看花思食實，知味少人共。霜降百工休，把酒約寬縱。

12 蒲城道中寄懷伯氏 熙寧四年葉縣作

北征無百里，日力不暇給。山重鳥影盡，露下月華濕。寒憶共被眠，屢成回馬立。豈如同巢鳥，莫夜得安集。

13 次韻惜范生

范侯軀幹小，實有四海心。稍臞疑内熱，不怒見勇沉。沽玉市無價，汲泉井方深。得失有毫末，明年斧可尋。

七言律

14 漁父二首 熙寧元年葉縣作

秋風淅淅蒼葭老，波浪悠悠白鬢翁。范子幾年思狡兔，吕公何處兆非熊。天寒兩岸識漁火，日落幾家收釣筒。不困田租與王役，一船妻子樂無窮。

其二

草草生涯事不多，短船身外豈知他。蒹葭浩蕩雙蓬鬢，風雨飄零一釣蓑。春鮪出潛留客鱠，秋蕖遮岸和兒歌。莫言野父無分别，解笑沈江捐汨羅。

15 古漁父

窮秋漫漫蒹葭雨，裋褐休休白髮翁。范子歸來思狡兔，吕公何意兆非熊。漁收亥日妻到市，醉卧水痕船信風。四海租庸人草草，太平長在碧波中。

16 題楊道人默軒 崇寧二年戎州作

炙手權門烈火炎，冷溪寒谷反幽潛。輕塵不動琴横膝，萬籟無聲月入簾。秋後絲錢誰數得，春餘蒼竹自知添。客星異日乘槎去，會訪成都人姓嚴。

17 用幾復韻題伯氏思堂 治平三年作

夫子勤於蘧伯玉，洗心觀道得靈龜。開門擇友盡三益，清坐不言行四時。風與蛛絲遊碧落，日將槐影下隆墀〔一〕。天空地迥何處覓，歲計有餘心自知。

〔一〕隆：四庫本作「瑶」。

18 贈别幾復

風驚鹿散豫章城，邂逅相逢食楚苹。佳友在門忘燕寢，故人發藥見平生。只今滿坐且樽酒，後夜此堂還月明。契闊愁思已知處，西山影落莫江清。

19 趙令許載酒見過 熙寧元年葉縣作

玉馬何時破紫苔，南溪水滿得徘徊。買魚斫鱠須論網，撲杏供盤不數枚。廣漢威名知訟少，平原樽俎費詩催。草玄寂寂下簾幙，稍得閑時公合來。

20 和答趙令同前韻

人生政自無閑暇，忙裹偷閑得幾回。紫燕黄鸝驅日月，朱櫻紅杏落條枚。詩成稍覺嘉賓集，飲少先愁急板催。親遣小童鋤草徑，鳴騶早晚出城來。

21 趙令答詩約攜山妓見訪

晴波瀲鵤漾潭隈，能使遊人判不回。風入園林寒漠漠，日移宫殿影枚枚。未嘗緑蟻何妨撥，宿戒紅妝莫待催。缺月西南光景少，仍須挽取燭籠來〔一〕。

〔一〕挽：原校：「一作擔。」

22 次韻賞梅

安知宋玉在鄰牆，笑立春晴照粉光。淡薄似能知我意，幽閑元不爲人芳。微風拂掠生春思，小雨廉纖洗暗妝。只恐濃葩委泥土，誰令解合返魂香。

23 次韻答李端叔 元豐三年太和作

喜接高談若飲冰，風騷清興坐來增。重尋伐木君何厚，欲賦驪駒我未能。山影北來浮匯澤，松行東望際鍾陵。相期爛醉西樓月，緩帶憑欄濯鬱烝。

24 戲題葆真閣 熙寧元年葉縣作

真常自在如來性，肯綮修持祇益勞。十二因緣無妙果，三千世界起秋豪。有心便醉聲聞酒，空手須磨般若刀。截斷衆流尋一句，不離兔角與龜毛。

25 戲贈惠南禪師〔一〕

佛子禪心若葦林，此門無古亦無今。庭前柏樹祖師意，竿上風幡仁者心。草木同霑甘露味，人天傾聽海潮音。胡牀默坐不須説，撥盡鑪灰劫數深〔二〕。

〔一〕原注：「惠南即江西老禪，號積翠菴，清隱亦在分寧。」

〔二〕鑪：《外集補》作「寒」。

26 寄别説道 熙寧三年葉縣作

數行嘉樹紅張錦，一派春波緑潑油。回望江城見歸鳥，亂鳴雙櫓散輕鷗。柳條折贈經年别，蘆篾吹成落日愁。雙鯉寄書難盡信，有情江水尚回流。

27 李大夫招飲 元祐三年秘書省作

欲遣吟人對好山，莫天和雨醉憑欄。座中雲氣侵人溼，砌下泉聲逼酒寒。紅燭圍棋生死急，清風揮麈笑談閑。更籌報盡不成起，車從厭厭夜已闌。

28 南康席上贈劉李二君 元豐三年改官太和作

伯倫酒德無人敵，太白詩名有古風。浪許薄才酬大雅，長愁小户對洪鍾。月明如晝九江水，天静無雲五老峰。此賞不疏真共喜，登臨歸興尚誰同。

29 光山道中 治平四年赴葉縣作

客子空知行路難，中田耕者自高閑。柳條鶯囀清陰裏〔一〕，楸樹蟬嘶翠帶間。夢幻百年隨逝水，勞歌一曲對青山。出門捧檄羞閑友，歸壽吾親得解顔。

〔二〕鶯：原作「鸎」，據嘉靖本、《外集補》改。

30 過方城尋七叔祖舊題〔一〕元豐元年北京作

壯氣南山若可排，今爲野馬與塵埃。清談落筆一萬字，白眼舉觴三百盃。周鼎不酬康瓠價，豫章元是棟梁材。眷然揮涕方城路，冠蓋當年向此來。

〔一〕原注：「祖諱注，字夢升，終南陽主簿。方城屬唐州。」

31 新息渡淮〔一〕

京塵無處可軒眉，照面淮濱喜自知。風裏麥苗連地起，雨中楊樹帶煙垂。故林歸計嗟遲暮，久客平生厭别離。落日江南采蘋去，長歌柳惲洞庭詩。

〔一〕原注：「治平四年，公是歲得官葉縣。新息屬蔡州，渡淮乃自京師回江南之路。」

32 初望淮山

風裘雪帽别家林，紫燕黄鸝已夏深。三釜古人干禄意，一年慈母望歸心。勞生逆旅何休息，病眼看山力不禁。想見夕陽三徑裏，亂蟬嘶罷柳陰陰。

33 宿廣惠寺 元豐七年赴德平作

鴉啼殘照下層城，僧舍初寒夜氣清。風亂竹枝垂地影，霜乾桐葉落階聲。不違將母傷今日，無以爲家笑此生。都下苦無書信到，數行歸雁月邊横。

34 初至葉縣 熙寧元年作

白鶴去尋王子晉，真龍得慕沈諸梁。千年往事如飛鳥，一日傾愁對夕陽。遺老能名唐郡邑，斷碑猶是晉文章。浮雲不作包桑計，只有荒山意緒長。

35 和答王世弼 熙寧八年北京作

文章年少氣如虹，肯愛閑曹一秃翁。絃上深知流水意，鼻端不怯運斤風。燕堂淡薄無歌舞，鮭菜清貧只韭葱。慚愧伯鸞留步履，好賢應與孟光同。

36 陳氏園詠竹 熙寧四年葉縣作

不問主人來看竹，小溪風物似家林。春供饋婦幾番筍，夏與行人百畝陰。直氣雖衝雲漢上，高材終恐斧斤尋。截竿可舉北溟釣，欲贈溪翁誰姓任。

37 哀逝 熙寧三年葉縣作

玉堂岑寂網蜘蛛，那復晨妝覲阿姑。緑髮朱顔成異物，青天白日閉黄鑪。人間近别難期信，地下相逢果有無。萬化途中能邂逅，可憐風燭不須臾。

38 迎醇甫夫婦〔一〕

陳甥歸約柳青初〔二〕，麥隴纖纖忽可鉏。望子從來非一日，因人略不寄雙魚。園中鳥語勸沽酒，窗下日長宜讀書。策馬得行休更秣〔三〕，已令僮稚割生芻〔四〕。

〔一〕原注：「公之妹適陳塑，醇甫其字也。」
〔二〕柳青初：原校：「一作飲屠蘇。」
〔三〕原校：「一作遠嫁蕭咸親髮白。」

〔四〕原校：「一作平安行李莫徐徐。」

39 河舟晚飲呈陳説道

西風脱葉静林柯，淺水扁舟閣半河。落日遊魚穿鏡面，中秋明月漲金波。由來白髮生無種，豈似青山保不磨。勝事只愁樽酒盡，莫言争奈醉人何。

40 次韻任君官舍秋雨

牆根戢戢數蝸牛，雨長垣衣亭更幽。驚起歸鴻不成字，辭柯落葉最知秋。菊花莫恨開時晚，穀糉猶思晴後收。獨立搔頭人不解，南山用取一樽酬。

41 題樊侯廟二首

漢興豐沛開天下，故舊因依日月明。拔劍一卮戲下酒，剖符千户舞陽城。鼓刀屠狗少時事，排闥諫君身後名。異日淮陰儻相見，安能鞅鞅似平生。

其二

門掩虚堂陰窈窈，風摇枯竹冷蕭蕭。丘虚餘意誰相問，豐沛英魂我欲招。野老無知惟卜歲，神巫何事苦吹簫。人歸里社黄雲莫，只有哀蟬伴寂寥。

42 和答任仲微贈别 元豐五年太和作

任君灑墨即成詩，萬物生愁困品題。清似釣船聞夜雨，壯如軍壘動秋鼙。寒花籬腳飄金鈿，新月天涯掛玉篦。更欲少留觀落筆，須判一飲醉如泥。

43 和仲謀夜中有感 熙寧二年葉縣作

紙窗驚吹玉蹀躞，竹砌碎撼金琅璫。藺缸有淚風飄地，遥夜無人月上廊。愁思起如獨緒繭，歸夢不到合懽牀。少年多事意易亂，詩律坎坎同寒螿。

44 書睢陽事後 熙寧四年葉縣作

莫道睢陽覆我師，再興唐祚匪公誰。流離顛沛義不辱，去就死生心自知。政使賀蘭非長者，豈妨南八是男兒。乾坤震蕩風塵晦，愁絶宗臣陷賊詩〔一〕。

〔一〕詩：原校：「一作時。」

45 漫書呈仲謀 熙寧二年葉縣作

漫來從宦著青衫，秣馬何嘗解轡銜。眼見人情如格五，心知外物等朝三。經時道上衝風雨，幾日樽前得笑談。賴有同僚慰羈旅，不然吾已過江南。

46 登南禪寺懷裴仲謀

茅亭風入葛衣輕，坐見山河表裏清。歸燕略無三月事，殘蟬猶占一枝鳴。天高秋樹葉公邑，日莫碧雲樊相城。別後寄詩能慰我，似逃空谷聽人聲。

47 次韻答任仲微 元豐五年太和作

邂逅相逢講世盟，諸任尊行各才名。交情吾子如棠棣，酒椀今秋對菊英。高論生風摇麈尾，新詩擲地作金聲。文章學問嗟予晚，深信前賢畏後生。

48 夏日夢伯兄寄江南 熙寧四年葉縣作

故園相見略雍容，睡起南窗日射紅〔一〕。詩酒一言談笑隔，江山千里夢魂通。河天月暈魚分子，槲葉風微鹿養茸。幾度白砂青影裏，審聽嘶馬自搘筇〔三〕。

〔二〕原校：「一作相攜猶聽隔溪春，睡起開書見手封。」

〔三〕原校：「一作白髮倚門愁絶處，可堪衣斷去時縫。」

49 同孫不愚過昆陽〔一〕

田園恰恰值春忙，驅馬悠悠昆水陽。古廟藤蘿穿户牖，斷碑風雨碎文章。真人寂寞神爲社，堅壘委蛇女採桑。拂帽村帘誇酒好，爲君聊解一瓢嘗。〔二〕

〔一〕原注：「昆陽正屬葉縣，即光武破王尋之地。」

〔二〕自注：「今昆陽有水，俗號灰河，《圖經》乃以爲瀼河，予考之皆不然。正在昆陽城南，恐是昆水，《地理志》言昆水出南，儻是乎。」

50 寄頓二主簿時在縣界首部夫鑿石塘河

楊柳青青春向分，遥知河曲萬夫屯。侵星部曲隨金鼓，帶月旌旗宿渚亹。畚鍤如雲聲洶洶，風埃成霧氣昏昏。已令訪問津頭路，行約青帘共一樽。

51 次韻答蒲元禮病起

暖律温風何處饒，莫言先上緑楊條。梢頭紅糝杏花發，甕面浮蛆酒齊銷。吏事困人如縛虎，君詩入手似聞韶。直須扶病營春事，老味難將少壯調。

52 春祀分得葉公廟雙鳧觀〔一〕

春將祠事出門扉，宫殿參差繚翠微。清曉風煙迷部曲，小蹊桃杏掛冠衣。葉公在昔真龍去，王令何時白鶴歸。糟魄相傳漫青史，獨懷千古對容徽。

〔一〕原注：「廟觀皆在葉縣。」

53 送陳氏女弟至石塘河

富貴常多覆族憂，賤貧骨肉不相收。獨乘舟去值花雨，寄得書來應麥秋。行李淮山三四驛，風波春水一雙鷗。人言離别愁難遣，今日真成始欲愁。

54 戲贈頓二主簿〔一〕

桐植客亭欣款曲〔二〕，歌傾家釀勿徘徊〔三〕。百年中半夜分去，一歲無多春暫來。落日園林須秉燭，能言桃李聽傳杯。紅疏緑暗明朝是，公事相過得幾回。

〔一〕自注：「不置酒。」

〔二〕原校：「一作四海聲名習主簿。」

〔三〕原校：「一作相逢未見酒樽開。」

55 孫不愚引開元故事請爲移春檻因而贈答

南陌東城處處春，不須移檻損天真。鬢毛欲白休辭飲，風雨無端只誤人。鳥語提壺元自好，酒狂驚俗未應嗔。稍尋緑樹爲詩社，更藉殘紅作醉茵。

56 答和孔常父見寄

孔氏文章冠古今，君家兄弟況南金。爲官落魄人誰問，從騎雍容獨見尋。旅館别時無宿酒，郵筒開處得新吟。黄山依舊寒相對，豈有愁思附《七林》〔一〕。

〔二〕自注：「傅子集古今事，號《七林》。來詩云『黄公山下官悰冷，應有新吟續《七哀》』。」

57 次韻伯氏謝安石塘蓮花酒

花蘂芙蕖拍酒醇，浮蛆相亂菊英新。寒光欲漲紅螺面，爛醉從歌白鷺巾。行樂銜杯常有意，過門問字久無人。王孫欲遺雙壺到，如入醉鄉三月春。

58 題雙鳧觀

飄蕭閲世等虚舟〔一〕，歎息眼前無此流。滿地悲風盤翠竹，半叢寒日破紅榴。青山空在衣冠古〔二〕，白鶴不歸宫殿秋〔三〕。王令平生樽酒地，千年萬歲想來游。

〔一〕閲世等虚舟：原校：「一作人世若虚舟。」

〔二〕空在衣冠古：原校：「一作不逐市朝改。」

〔三〕不歸：原校：「一作歸來。」宫殿：原作「空殿」，據嘉靖本改。

59 從陳季張求竹竿引水入厨

井邊分水過寒廳，斬竹南溪仗友生。來釀百壺春酒味，怒流三峽夜泉聲。能令官舍庖厨潔，未減君家風月清。揮斧直須輕放手，卻愁食實鳳凰驚。

60 呈王明復陳季張

倦客西來厭馬鞍，爲予休轡小長安。陳遵投轄情何厚，王粲登樓興未闌。雪壓群山晴後白，月臨千里夜深寒。少留待我同歸去，洛下林中斫釣竿。

61 陳季張有蜀芙蓉長飲客至開輒翦去作詩戲之

翦花莫學韓中令，投轄惟聞陳孟公。客興不孤春竹葉，年華全屬拒霜叢。玄子蹙迫三秋盡〔一〕，青女摧殘一夜空。著意留連好風景，非君誰作主人翁。

〔一〕玄子：《外集補》作「玄亭」。

62 再贈陳季張拒霜花二首

鼓盆莊叟賦情濃，天遣霜華慰此公。想見尚能迷蝶夢，移栽聞説自蠶叢。酒傾玉醆垂蓮盡〔二〕，鱠簇金盤下筯空。秉燭欄邊連夜飲，全藤折與賣花翁。

其二

倒著接䍦吾素風，當時酩酊似山公。且看小檻新花蘂，休泥他家晚菊叢。顧笑千金延客醉[二]，解醒五斗爲君空。歡娯盡屬少年事，白髮欺人作老翁。

〔二〕蓮：原作「連」，據《外集補》改。

〔三〕顧：原作「雇」，據《外集補》改。

63 送杜子卿歸西淮

雪意涔涔滿面風，杜郎馬上若征鴻。樽前談笑我方惜，天外淮山誰與同。行望村帘沽白蟻[一]，醉吟詩句入丹楓。一時真賞無人共，尚憶江南把釣翁。

〔一〕村：《外集補》作「酒」。

64 雪中連日行役戲書簡同僚

簡書催出似驅雞，聞道饑寒滿屋啼，炙背宵眠榾柮火，嚼冰晨飯薩波虀。風如利劍穿狐腋，雪似流沙飲馬蹄。官小責輕聊自慰，猶勝擐甲去征西。

65 呈李卿

歌舞如雲四散飛，東園籃轝醉歸時。細看春色低紅燭，仰折花枝墜接䍦。仙李回風轉長袖，野桃侵雨浸燕脂。夜長晝短知行樂，不負君家樂府詩。

66 六月閔雨 熙寧七年北京作

湯帝咨嗟懲六事，漢庭災異劾三公。聖朝罪己恩寬大，時雨愆期旱蘊隆。東海得無冤死婦，南陽疑有卧雲龍。傳聞已減太官膳，肉食諸君合奏功。

67 既作閔雨詩是夕遂澍雨夜中喜不能寐起作喜雨詩

南風吹雨下田塍，田父伸眉願力耕。麰麥明年應解好，簾櫳今夜不勝清。直須洗盡焦枯意，不厭屢聞飄洒聲。黄卷腐儒何所用，惟將歌詠報昇平。

68 予既不得葉遂過洛濱醉遊累日 熙寧四年葉縣作

瘻民見我亦悠悠，瘻木纍纍滿道周。飛舄已隨王令化〔一〕，真龍寧爲葉公留。未能洗耳箕山去，且復吹笙洛浦遊。舍故趨新歸有分，令人何處欲藏舟。

〔二〕烏：原作「鳥」，據嘉靖本、《外集補》改。

69 曹村道中 元豐二年北京作

嘶馬蕭蕭蒼草黄，金天雲物弄微涼。瓜田餘蔓有荒隴，梨子壓枝鋪短牆。明月風煙如夢寐，平生親舊隔湖湘。行行秋興已孤絶，不忍更臨山夕陽。

70 秋懷二首 熙寧八年北京作

秋陰細細壓茅堂，吟蟲啾啾昨夜涼。雨開芭蕉新間舊，風撼筼簹宫應商。砧聲已急不可緩，簷景既短難爲長。狐裘斷縫棄牆角，豈念晏歲多繁霜。

其二

茅堂索索秋風發，行遶空庭紫苔滑。蛙號池上晚來雨，鵲轉南枝夜深月。翻手覆手不可期，一死一生交道絶。湖水無端浸白雲，故人書斷孤鴻没。

71 次韻伯氏寄贈蓋郎中喜學老杜詩 元豐二年北京作

老杜文章擅一家，國風純正不欹斜。帝閽悠邈開關鍵，虎穴深沈探爪牙〔一〕。千古是非存史筆，百年忠義寄江花。潛知有意升堂室，獨抱遺編校舛差。

〔一〕探：原作「樣」，據四庫本改。

72 蓋郎中惠詩有二强攻一老不戰而勝之嘲次韻解之

詩翁琢句玉無瑕，淡墨稀行秋雁斜。讀罷清風生麈尾，吟餘新月度簷牙。自知拙學無師匠，要且强言遮眼花〔一〕。筆力有餘先示怯，真成勾踐勝夫差。

〔一〕强：原校：「一作狂。」

73 雨晴過石塘留宿贈大中供奉

長虹垂地若篆字，晴岫插天如畫屏。耕夫荷鋤解襏襫，漁父斂網投笭箵。子期聞笛正懷舊，車胤當窗方聚螢。獨卧蕭齋已無月，夜深猶聽讀書聲。

74 次韻奉和仲謨夜話唐史 熙寧四年葉縣作

貞觀規摹誠遠大，開元宗社半存亡。才聞冠蓋遊西蜀，又見干戈暗洛陽。哲婦乘時傾嫡后，大閹當國定儲皇。傷心不忍前朝事，願作元龜獻未央。

宋黄文節公全集·外集卷第十八

詩

七言律

1 答龍門潘秀才見寄 熙寧四年葉縣作

男兒四十未全老，便入林泉真自豪。明月清風非俗物，輕裘肥馬謝兒曹。山中是處有黄菊，洛下誰家無白醪。想得秋來常日醉，伊川清淺石樓高。

2 寄張仲謀次韻

風力蕭蕭吹短衣，茅簷霜日淡暉暉。天寒塞北雁行落，歲晚大梁書信稀。湖稻初春雲子白，家雞正有藁頭肥。割鮮炊黍庚前約〔一〕，公事可來君不違。

〔一〕庚：原作「庾」，四庫本作「尋」。按：據字形，當是「庚」之誤，庚，償也。今改。

3 客自潭府來稱明因寺僧作静照堂求予作

客從潭府渡河梁，籍甚傳誇静照堂。正苦窮年對塵土，坐令合眼夢湖湘。市門曉日魚蝦白，鄰舍秋風橘柚黄。去馬來舟争歲月，老僧元不下胡牀。

4 飲韓三家醉後始知夜雨

醉卧人家久未曾，偶然樽俎對青鐙。兵厨欲罄浮蛆甕，饋婦初供醒酒冰〔一〕。只見眼前人似月，豈知簾外雨如繩。浮雲不負青春色，未覺新詩減杜陵。〔二〕

〔一〕自注：「予嘗醉後字水晶鱠爲醒酒冰，酒徒皆以爲知言。」

〔二〕原注：「此詩舊誤分爲二絶句，今細核正之。」

5 張仲謨許送河鯉未至戲督以詩

浮蛆琰琰動春醅，張仲臨津許鱠材。鹽豉欲催蓴菜熟，霜鱗未貫柳條來。日晴魚網應曾曬，風軟河冰必暫開。莫誤曉窗占食指，仍須持取報章回。

6 和答張仲謨泛舟之詩

雲容天影水中摇，分坐船舷似小橋。聯句敏於山吐月，舉觴疾甚海吞潮。興來活臠牛心熟，醉罷紅鑪鴨腳焦。公子翩翩得真意，馬蹄塵裹有嘉招。

7 食瓜有感

暑軒無物洗煩蒸，百菓凡材得我憎。藓井筠籠浸蒼玉，金盤碧筯薦寒冰。田中誰問不納履，坐上適來何處蠅。此理一杯分付與，我思明哲在東陵。

8 道中寄公壽 熙寧五年自葉赴北京作

坡坻羸馬莫雲昏，苦憶兔園高帝孫。子舍芝蘭皆可佩，後房桃李總能言。鞦韆門巷火新改，桑柘田園春向分。病酒相如在行役，梁王誰與共清樽。

9 去賢齋 熙寧四年葉縣作

争名朝市魚千里，觀道詩書豹一斑。末俗風波尤浩渺，古人廉陛要躋攀。蛣蜋怒臂當車轍，鸜鵒能言著鏁闗。顧我安知賢者事，松風永日下簾間。

10　粹老家隔簾聽琵琶　元豐二年北京作

馬卿勸客且無喧，請以侍兒臨酒樽。粧罷黄昏簾隔面，曲終清夜月當軒〔一〕。絃絃不亂撥來往，字字如聞人語言。千古胡沙埋妙手〔二〕，豈如桃李在中園。

〔一〕原校：「一作『一曲明妃愁夜月（按四庫本『夜月』作『絶塞』），數聲啄木響春山』，借一韻。」

〔二〕手：原校：「一作質。」

11　道中寄景珍兼簡庾元鎮　熙寧五年北京作

傳語濠州賢刺史，隔年詩債幾時還。因循樽俎疏相見，棄擲光陰只等閑。心在青雲故人處，身行紅雨亂花間。遥知别後多狂醉，惱殺江南庾子山。

12　次韻景珍酴醿

莫惜金錢買玉英，擔頭春老過清明。天香國艷不著意，詩社酒徒空得名。及此一時須痛飲，已拚三日作狂酲。濠州園裏都開盡〔一〕，腸斷蕭蕭雨打聲。

〔二〕濠：原作「豪」，據嘉靖本、《外集補》改。

13 呈馬粹老范德孺 元豐二年北京作

潁上相逢杏始青，爾來瓜壟有新耕。四時爲歲已中半，萬物得秋將老成。日永清風摇麈尾，夜闌飛雹落棋枰。兩廳未覺過從數，政以頑疏累友生。

14 雨過至城西蘇家 元祐元年祕書省作

飄然一雨洒青春，九陌净無車馬塵。漸散紫煙籠帝闕，稍回晴日麗天津。花飛衣袖紅香濕，柳拂鞍韉緑色匀。管領風光唯痛飲，都城誰是得閑人。

15 謝仲謀示新詩 熙寧四年葉縣作

贈我新詩許指瑕，令人失喜更驚嗟。清於夷則初秋律，美似芙蓉八月花。采菲直須論下體，鍊金猶欲去寒沙。唐朝韓老誇張籍，定有雲孫作世家。

16 紅蕉洞獨宿 熙寧三年葉縣作

南牀高卧讀《逍遥》，真感生來不易銷。枕落夢魂飛蛺蝶，鐙殘風雨送芭蕉。永懷玉

樹埋塵土，何異蒙鳩掛葦苕。衣笐粧臺蛛結網，可憐無以永今朝。〔一〕

〔一〕原注：「按畚注，此詩别本多有不同，其詩云：『重簾複幕夜蕭蕭，真感生懷不自聊。枕落夢魂飛蛺蝶，鐙殘風雨碎芭蕉。瓊枝玉樹埋黄土，衣笐粧臺閟絳綃。故物盡能回白首，斯人無以永今朝。』」

17　春雪呈張仲謀　熙寧四年葉縣作

莫雪霏霏若散鹽，須知千隴麥纖纖。夢闌半枕聽飄瓦，睡起高堂看入簾。賸與月明分夜砌，即成春溜滴晴簷。萬金一醉張公子，莫道街頭酒價添。

18　和答劉太博攜家遊廬山見寄　元豐三年赴太和道中作

緩轡松陰不起塵，嵐光經雨一番新。遥知數夜尋山宿，便是全家避世人。落日已迷烟際路，飛花還報洞中春。可憐不更尋源入，若見劉郎想問秦。

19　次韻伯氏戲贈韓正翁菊花開時家有美酒　熙寧四年葉縣作

鬢髮斑然潘騎省，腰圍瘦盡沈東陽。茶甌屢煮龍山白，酒椀希逢若下黄。烏角巾邊簪鈿朵，紅銀杯面凍糖霜。會須著意憐時物，看取年華不久芳。

20 答李康文 元豐二年北京作

才甫經年斷來往，逢君車馬慰秋思。幽蘭被逕聞風早，薄霧乘空見月遲。每接雍容端自喜，交無早晚在相知。深慚借問談經地，敢屈康成入絳幃。

21 送彭南陽

南陽令尹振華鑣，三月春風困柳條。攜手河梁愁欲别，離魂芳草不勝招。壺觴調笑平民訟，賓客風流醉舞腰。若見賢如武侯者，爲言來仕聖明朝。

22 送鄧慎思歸長沙〔一〕 熙寧四年葉縣作

鄧侯過我解新韉，潦倒猶能似舊時。西邑初除折腰尉，南陔常詠采蘭詩。姓名已入飛龍榜，書信新傳喜鵲知。何日家庭供一笑，緑衣便是老萊衣。

〔一〕「長沙」下四庫本有「覲省」二字。

23 景珍太博見示舊倡和蒲萄詩因而次韻〔一〕熙寧五年北京作

映日圓光萬顆餘，如觀寶藏隔蝦須。夜愁風起飄星去，曉喜天晴綴露珠。宫女揀枝模錦繡，論師持味比醍醐〔二〕。欲收百斛供春釀，放出聲名壓酪奴。

〔一〕太博：原作「太傅」，據嘉靖本、《外集補》改。原注：「景珍，名令嬪。」

〔二〕論：原校：「一作包。」

24 喜念四念八至京〔一〕元豐八年都下改官作

朔雪蕭蕭映薄幃，夢回空覺淚痕稀。驚聞庭樹烏烏樂，知我江湖鴻雁歸。拂榻喜開姜季被，上堂先着老萊衣。酒樽煙火長相近，酬勸從今更不遲〔二〕。

〔一〕原注：「念四即非熊。念八諱仲堪，字覺民，公從弟。」

〔二〕遲：四庫本作「違」。

25 和吕秘丞 元豐二年北京作

北海尊中忘日月，南山霧裏晦文章。清朝不上九卿列，白髮歸來三徑荒。車轍馬蹏疏市井，花光竹影照門牆。人間榮辱無來路，萬頃風煙一草堂。

26 次韻子高即事 熙寧八年北京作

詩禮不忘它日問，文章未覺古人疏。青雲自致屠龍學，白首同歸種樹書。緑葉青陰啼鳥下，游絲飛絮落花餘。無因常得杯中物，願作鴟夷載屬車。

27 次韻寄藍六在廣陵 崇寧二年自鄂赴宜州作

聖學相期滄海頭，當時各倚富春秋。班揚文字初無意，滕薛功名自不優。焦尾朱絃非衆聽，南山白石使人愁。傳聲爲向揚州問，相憶猶能把酒不。

28 再和寄藍六

南極一星淮上老，承家令子氣橫秋。萬端只要稱心耳，五鼎何如委吏優。海燕催歸人作社，江花欲動雨含愁。追思二十年前會，棠棣飄零歎鄂不〔一〕。

〔一〕歎鄂不：原校：「一作歎白頭。」自注：「頃賊廉叔諸兄游，今皆凋落。」（按「賊」字誤，四庫本以意改作「從」。）

29 戲書效樂天 熙寧四年葉縣作

造物生成嵇叔嬾，好人容縱接輿狂。鳥飛魚泳隨高下，蟻集蜂衙聽典常。母惜此兒長道路，兄嗟予弟困冰霜。酒壺自是華胥國，一醉從他四大忙。

30 講武臺南有感 元豐二年北京作

月明猶在搭衣竿，曉踏臺南路屈盤。騶子雨中先馬去，村童煙外倚牆看。鴉啼宰木秋風急，鷺立漁船野水乾。花似去年堪折贈，插花人去淚闌干。

31 孫不愚索飲九日酒已盡戲答一篇〔一〕 熙寧四年葉縣作

滿眼黄花慰索貧，可憐風物逐時新。范丹出後塵生釜，郭泰歸來雨墊巾。偶有清樽供壽母，遂無餘瀝及他人。年豐酒價應須賤，爲子明年作好春。

〔一〕九日：《外集補》校：「二字一作有。」

32 辱粹道兄弟寄書久不作報以長句謝不敏

病癖無堪吾懶書，交親情分豈能疏。深慚煙際兩鴻雁，遺我罾中雙鯉魚。故國青山長極眼，今年白髮不勝梳。幾時得計休官去，筍葉裹茶同趁虛。

33 秋思 熙寧六年北京作

椎牛作社酒新篘，扶老將兒嬉隴頭。木落人家見雞犬，曉寒溪口在汀洲。無功可佩水蒼玉，卒歲空思狐白裘。身到楚傖非屈宋，顧慙疏懶作悲秋。

34 希仲招飲李都尉北園 元豐二年北京作〔一〕

曉踏驊騮傍古牆，北園同繫紫游韁。主人情厚杯無算，別館春深日正長。楊柳陰斜移坐晚，酴醾花暗染衣香。夜深恐觸金吾禁，走馬天街趁夕陽。

〔一〕北京：原誤作「葉縣」，據《外集補》改。

35 贈謝敞王博喻 元豐二年北京作

高哉孔孟如秋月，萬古清光仰照臨。千里特來求驥馬，兩生於此敵南金。文章最忌隨人後，道德無多只本心。廢軫弦斷塵漠漠，起予惆悵伯牙琴。

36 和答郭監簿詠雪 元豐元年北京作

細學梅花落晚風，忽翻柳絮下春空〔一〕。家貧無酒願鄰富，官冷有田知歲豐。夜聽枕邊飄屋瓦，夢成江上打船篷。覺來幽鳥語聲樂，疑在白鷗寒葦中。

〔一〕忽：四庫本作「輕」。

37 題司門李文園亭 熙寧八年北京作

白氏草堂元自葺，陶公三徑不教荒。青蕉雨後開書卷，黄菊霜前碎鵠裳。落日看山凭曲檻，清風談道據胡床。此來遂得歸休意，卻莫翻然起相湯。

38 次韻和臺源諸篇九首 治平三年作

南屏山

巖積藍光刻削成，主人題作正南屏。身更萬事已頭白，相對百年終眼青。煙雨數峰當隱几，林塘一帶是中庭。紅塵車馬無因到，石壁松門本不扃。

七臺峰

欲雕佳句累層巒，深愧揮斤斲鼻端。作者七人俱老大，昂藏卻立古衣冠。千年避世朝市改〔一〕，萬籟入松溪澗寒。我有號鍾鎖蛛網，何時對汝發清彈。

七臺溪

先生行樂在清溪，滿世功名對畫脂。一道寒波隨眼浄，百年高柳到大垂。昔人無處問誰氏，遺礎有情猶舊基。猿鶴至今煙慘淡，賢愚俱盡水漣漪。四時相及漏催滴，萬事不疑冰泮澌。聊欲烹茶羹杞菊，身如桑苧與天隨。

疊屏巖

篁竹參天無人行，來游者多蹊自成。石屏重疊翡翠玉，蓮蕩宛轉芙蓉城。世緣遮盡不到眼，幽事相引頗關情。一罏沈水坐終日，涣夢鶺鴒相應鳴。

靈壽臺

藤樹誰知先後生，萬年相倚共枯榮。層臺定自有天地，鼻祖已來傳父兄。虎豹文章藏霧雨，龍蛇頭角聽雷聲。何時暫取蒼煙策，獻與本朝優老成。

仙橋洞

横閣晴虹渡石溪，幾年鑰鎖鎮瑶扉。洞中日月真長久，世上功名果是非。叱石元知牧羊在，爛柯應有看棋歸。若逢白鶴來華表，識取當年丁令威。

靈椿臺

固蒂深根且一丘，少時嘗恐斧斤求。何人比擬明堂柱，幾歲經營江漢洲。終以不才名四海，果然無禍閱千秋。空山萬籟月明底，安得閑眠石枕頭。

雲濤石〔二〕

造物成形妙畫工，地形咫尺遠連空。蛟鼉出没三萬頃，雲雨縱橫十二峰。清坐使人無俗氣，閑來當暑起清風。諸山落木蕭蕭夜，醉夢江湖一葉中。

群玉峰

洞天名籍知第幾，洞口諸峰蒼翠堆。雕虎嘯風斤斧去，飛廉吹雨曉煙回。日晴圭角升虹氣，月冷明珠割蚌胎。種玉田中飽春筍，仙人憶得早歸來。

〔二〕朝市：四庫本作「市朝」。

〔三〕濤：原校：「一作溪。」嘉靖本作「溪」。

39 寄題瑩中野軒〔一〕元豐六年太和作

開軒城市如村落，人似往時陳太丘。暄景半窗行野馬，雨寒疏竹上牽牛。平生江海心猶在，退食詩書吏罷休。□□□□□□力，必知耆舊想風流[二]。

[一] 原注：「塋中係陳瓘。」

[二] 耆：原作「書」，據四庫本改。

40 觀叔祖少卿奕棋[一] 治平一年作

世上滔滔聲利間，獨憑棋局老青山。心遊萬里不知遠，身與一山相對閑。夜半解圍鐙寂寞，樽前翻卻酒瓓珊。因觀勝負無常在，生死□□□不關。

[一]「祖」字原脱，據嘉靖本、《外集補》補。原注：「少卿諱淳，字元之，官太常少卿。」

41 次韻郭明叔登縣樓見思長句 元豐六年赴德平作

令尹登臨多暇日，杖生芝菌筆生埃。溪横鳳尾寒光去，山擁旌陽翠氣來。晚市張鐙明遠近，□□留客舞徘徊。紅裳珠履知多在，點檢惟無□秀才。

42 夜觀蜀志 熙寧八年北京作

蓋世英雄不自知[一]，暮年初志各參差。南陽隴底卧龍日，北固樽前失箸時。霸主三分割天下，宗臣十倍勝曹丕。寒鑪夜發塵書讀，似覆輸籌一局棋。

〔一〕蓋：原作「槪」，據四庫本改。

43 行役縣西喜雨寄任公漸大夫 熙寧四年葉縣作

行役勞人望縣齋，心如枯井喜塵埃。青鐙簾外蕭蕭雨，破夢山根殷殷雷。新麥欲連天際好，濃雲猶傍日邊來。田歌已有豐年意，令尹眉頭想豁開。

44 戲題水牯菴〔一〕 元豐五年太和作

水牯從來犯稼苗，著繩只要鼻穿牢。行須萬里無寸草，卧對十方同一槽〔二〕。租税及時王事了，雲山横笛月輪高。華亭浪説吹毛劍，不見全牛可下刀。

〔一〕題：《外集補》作「贈」。

〔二〕十方：原校：「一作千峰。」

45 癸亥立春日煮茗於石屯寺見庚戌中盛二十舅中叔爲縣時題名歎此寺不日而成哀縣學弊而不能復〔一〕 元豐六年太和作

中叔風流映江左，當年桃李自光輝。看成佛屋上雲雨，不忍學宫荒蕨薇。人物深藏青白眼〔二〕，宮聯曾近赭黄衣。蛛絲柱後惠文暗，憔悴今乘別駕歸。

〔一〕屯：《外集補》作「池」。

〔二〕自注：「中叔胸中人物了了，而未嘗危言劇論。」

46 次韻答任仲微 元豐五年太和作

伯氏文章足起家，雁行唯我乏芳華。不堪黄綬腰銅印，只合清江把釣車。縮項魚肥炊稻飯，扶頭酒熟卧蘆花。吴兒何敢當倫比，或有《離騷》似景差。

47 何主簿蕭齋郎贈詩思家戲和答之

善吟閨怨斷人腸，二妙風流不可當。傅粉未歸啼玉筯，吹笙無伴澀銀簧。睡添鄉夢客床冷，瘦盡腰圍衣帶長。天性少情詩亦少，羡他蕭史與何郎。

48 南安試院無酒飲周道輔自贛上攜一榼時時對酌惟恐盡試畢僕夫言尚有餘樽木芙蓉盛開戲呈道輔 元豐四年太和作

聞説君家好弟兄，窮鄉相見眼俱青。偶同一飯論三益，頗爲諸生醉六經。山邑已催乘傳馬，曉窗猶共讀書螢。霜花留得紅妝面，酹盡齋中竹葉餅。

49 贈清隱持正禪師〔一〕熙寧元年葉縣作

清隱開山有勝緣，南山松竹上參天。擗開華岳三峰手，參得浮山九帶禪。水鳥風林成佛事，粥魚齋鼓到江船。異時折腳鐺安穩，更種平湖十頃蓮。

〔一〕持：《外集補》作「寺」。

五言排律

50 留幾復飲 治平三年作

幾復平生好，能來屈馬蹄。愈風觀草檄，刮膜受金篦。藏器時難得，忘言物已齊。買書聊教子，讓粟不謀妻。碧草迷寒夢，丹楓落故溪。爾時千里恨，且願醉如泥。

51 再留幾復

客興敝鶉衣，囊金罄褭蹄。羸驂多斷轡，垢髮不勝篦。道德千年事，窮通一理齊。晚田猶溉種，稺子且歸妻。徑欲眠漳浦，幾成訪剡溪。鄙心須澡雪，蓮藕在淤泥。

52 次韻和魏主簿 元豐五年太和作

梅蘂觸人意，繞枝三四旋。玄冥與之笑，青帝不争權。簾晚壽陽醉，雲深姑射眠。愁蛾英半落，嬌靨菡初圓。短簿吹羌笛，諸郎宴洞天。官棲仇覽棘，才拍翰林肩。風力能冰酒，霜威欲折綿。錦衾寒有恨，花信遠難傳。飲罷鐘催曉，詩成律换年。餘香勤管領，莫厭屢中賢。

53 和晁仲觀試進士 元祐三年秘書省作

人圜廟垣重，鼓作宫漏曉。晨門傳放鑰，坌入荒庭杪。初如求木猿，稍若安巢烏。黄鑪荅拜辱，月淡秋天杳。發題疏疑經，按劍或驚矯。官曹嚴坐起，迾卒禁紛擾。儇趨蟻争丘，癡坐鷺窺沼。江淮有名輩，專場或孤鶱。袖手深槃礴，乞靈頗澴繞〔一〕。稚旄半父子，相面多中表。鴻將雁行□，牛舐快犢小。墨泓黝寒雲，筆尾撼叢篠。雕蟲寄鼻詠，攘略傾耳剽。剖蚌得珠難，揚沙見金少。遺形欹冠屨，忘味棄眗麨。雖揮魯陽戈，餘勇事未了。喧鬨遂一空，星河明木杪。

〔二〕 澴：《外集補》作「環」。

七言排律

54 次韻邵之才將流民過懸帛嶺均田 熙寧四年葉縣作

獨賢從是出荒城，下馬攜笻上石層。幽洞尋花疑阮肇，斷崖長嘯想孫登。欲超浮世掛冠紱，未決重雲撫劍稜。經雨曉煙寒索寞，順風樵叟震硋磳。山形春到添高秀，瀑溜冰消轉沸騰。行有流移攜襁褓，坐看憔悴拾薪蒸。素餐每愧斯民病，改作常爲法吏繩。官小責輕須自慰，得逢佳處幾人曾。

宋黄文節公全集·外集卷第十九

詩

五言絶句

1 讀晉史 熙寧元年葉縣作

天下放玄虚，誰知與道俱。唯餘范武子，乃是晉諸儒。

2 延壽寺見紅藥小魏揚州號爲醉西施 元豐六年太和作

醉紅如墮珥，奈此惱人香。政爾無言笑，未應吴國亡。

3 臨江寺僧以金綫猿皮蒙棐几 元豐四年太和作

蒙茸冒枯几，想像掛霜枝。永失金衣友，文章安用爲。

七言絶句

4 謝趙令載酒 熙寧元年葉縣作

邂逅相將倒一壺，看朱成碧倩人扶。欲眠甚急須公去，能略陶潛醉後無。

5 春近四絶句 熙寧二年葉縣作

閏後陽和臘裏回，濛濛小雨暗樓臺。柳條榆莢弄顏色，便恐入簾雙燕來。

其二

亭臺經雨壓塵沙，春近登臨意氣佳。更喜輕寒勒成雪，未春先放一城花。

其三

小雪晴沙不作泥，疏簾紅日弄朝暉。年華已伴梅梢晚〔二〕，春色先從草際歸。

其四

梅英欲盡香無賴，草色才蘇緑未匀。苦竹空將歲寒節，又隨官柳到青春。

〔二〕稍：原作「稍」，據嘉靖本、《外集補》改。

6 讀書呈幾復二首 治平三年作

身入群經作蠹魚，斷編殘簡伴閑居。不隨當世師章句，頗識揚雄善讀書。

其二

得君真似指南車，杖策方圖問燕居。吾欲忘言觀道妙，六經俱是不完書。

7 阻水戲呈幾復二首

秋風落木秋天高，月入金樽動酒豪。過眼衰榮等昏曉，勿嗟遲速把心勞。

其二

月明遥夜見秋高，桂影依俙數兔豪。散髮行歌野田上，一樽可慰百年勞。

8 學許氏説文贈諸弟 治平四年北京作

六書章句苦支離，非復黄神太古時。鳥跡蟲紋皆有法，猶勝雙陸伴兒嬉。

9 **問漁父** 熙寧元年葉縣作

白髮丈人持竹竿，繫船留我坐柴關。偶然領會一談勝，落日使人思故山。

10 **觀化十五首** 并序　崇寧元年罷太平州後自荆州居家作

南山之役，偶得小詩一十五首，書示同懷，不及料簡銓次。夫物與我若有境，吾不見其邊；憂與樂相過乎前，不知其所以然，此其物化歟？亦可以觀矣。故寄名曰觀化。

柳外花中百鳥喧，相媒相和隔春煙。黄昏寂寞無言語，恰似人歸鏁管絃。

其二

生涯蕭灑似吾廬，人在青山遠近居。泉響風摇蒼玉珮，月高雲插水晶梳。

其三

山回路轉水深深，欲問津頭谷鳥吟。隔岸野花隨意發，小蹊猶憶去年尋。

其四

風煙漠漠半陰晴，人道春歸不見形。嫩草已侵冰面緑，平蕪還破燒痕青。

其五

一原風俗異衣裘，流落來從綿上州。未到清明先禁火，還依桑下繫千秋〔一〕。

其六

故人去後絶朱絃，不報雙魚已隔年。鄰笛風飄月中起，碧雲爲我作愁天。

其七

菰蒲短短未出水，渺渺春湖如凍雲。安得酒船二萬斛〔二〕，棹歌長入白鷗群。

其八

不知喜事在誰邊，風結鐙花何太妍。恐是鄰家醅甕熟，竹渠今夜滴春泉〔三〕。

其九

柳似羅敷十五餘，宮腰舞罷不勝扶。年年折在行人手，爲問春風管得無〔四〕。

其十

紅羅步障三十里，憶得南溪躑躅花〔五〕。馬上春風吹夢去，依俙人摘雨前茶。

其十一

竹筍初生黄犢角，蕨芽已作小兒拳〔六〕。試尋野菜炊香飯〔七〕，便是江南二月天。

其十二

身入醉鄉如避秦，醒時塵事百端新。塞鴻過盡無家信，海燕歸來思故人。

其十三

身前身後與誰同，花落花開畢竟空。千里追奔兩蝸角，百年得意大槐宫。

其十四

淘沙邂逅得黄金，莫便沙中着意尋。指月向人人不會，清霄印在碧潭心。

其十五

花開歲歲復年年，病眼看花隔晚煙。春去明明紅紫落，清風明月是春前。

〔一〕自注：「事具王延壽《千秋賦》。」

〔二〕二：《外集補》作「三」。

〔三〕竹渠今夜滴：四庫本作「槽渠今夜響」。

〔四〕爲：四庫本作「借」。
〔五〕憶：四庫本作「攄」。
〔六〕已作：《外集補》校：「《精華》作新長。」
〔七〕尋：《外集補》作「挑」。

11 朱道人下世 元豐六年太和作

桑户居然同物化，青鐙猶在讀書檠。身如陌上狂風過，心似夜來新月明。

12 和裴仲謀雨中自石塘歸 熙寧二年葉縣作

裴友西來詠古風，驅馳萬象筆端空。尚將物色留分我，遠近青山煙雨中。

13 次韻裴尉過馬鞍山

青山如馬怒盤旋，錯認林花作錦韉。君不據鞍朝玉帝，豈宜長作市門仙。

14 題蘇才翁草書壁後 并序

才翁題保安寺云：「寺前有古松，是數百年物，余嘗納涼其下。」松今翦伐殆盡，因感以作詩。

老松不得千年壽，何況高材傲世人。唯有草書三昧法，龍蛇夭矯鎖黄塵。

15 題南寺王髯題名處　熙寧三年葉縣作

日華長在紅塵外，春色全歸緑樹中。花發鳥啼常走馬，故人不見酒樽空。

16 戲招飲客解酲　熙寧四年葉縣作

破卵扶頭把一杯，鐙前風味喚仍回。高陽社裏如相訪，不用閑攜惡客來〔一〕。

〔一〕自注：「不飲者爲惡客，見《元次山集》。」

17 陳説道約日送菜把　熙寧三年葉縣作

南山疇昔從諸父，雨甲煙苗手自鉏。三徑就荒歸計拙，溷煩僚友送園蔬。

18 庭誨惠鉅硯　熙寧八年北京作

郭君大硯如南溟，化我霜毫作鵬翼。安得剡藤三千尺，書九萬字無渴墨。

19 曉從任大夫祖行過石橋寄粹甫 熙寧四年葉縣作

令尹鳴騶過石橋，想君寒夢正飄揺。追思轉覺年來劇，亂似春風柳萬條。

20 飲南禪梅下戲題 熙寧二年葉縣作

新春江上使星回，不爲離人寄早梅。愛惜幽香意如此，一樽豈是等閑來。

21 離汝寄張子 熙寧四年葉縣作

草枯木落晚淒淒，目斷黄塵聽馬嘶。想子重行分首處，荒涼巢父井亭西。

22 次韻元禮春懷十首

漸老春心不可言，亦如琴意在無絃。新花準擬千場醉，美酒經營一百船。

其二

春心分付酒杯銷，勿爲浮雲妄動揺。試覓金張池館問，幾人能插侍中貂。

其三

故園春色常年早，紅紫知他破幾苞。厭帽花枝如可折，折花手版直須抛。

其四

久無長者回車轍，仲蔚門牆映野蒿。稍覺春衣生蟣蝨，南窗晴日照爬搔。

其五

春來問字有誰過，頗覺閑銷日月多。醉裏乾坤知酒聖，貧中風物似詩魔。

其六

春風也似江南早，梅與辛夷鬭著花。自是無言桃李晚，莫嗔榆柳更萌芽〔一〕。

其七

穿花蹴踏千秋索，挑菜嬉遊二月晴。已被風光催我老，懶隨兒輩遶春城。

其八

老杜當年鬢髮華，尚吾春到酒須賒。不堪詩思相料理，惱亂街頭賣酒家。

其九

冉冉光陰花柳場，紅飄紫落便蔫黄。都無畔岸隨風去，卻是游絲意思長。

其十

聞道鄰家有酒餅，三更不卧叩柴扃。我身便是鴟夷榼，肯學《離騷》要獨醒。

〔一〕自注：「來詩有春晚之嘆。」

23 再和元禮春懷十首 并序

元禮蒲君，成都之佳少年，風調清越，好狎使酒。頃嘗下三峽，窺九疑，探禹穴，觀濤江，故其詩清壯崛奇，一揮毫數千字，澡雪塵翳，動摇人心。然錢塘江東一都會，風煙花月不知其幾坊幾曲，變否恍惚〔一〕，使少年心醉而忘反。元禮蓋入其鄉，啗其炙者也。今已折節自苦，恂恂退避，從容學問文章。然時時酒後耳熱，稍出其故態，而又激於聲詩。夫不塞不流，不止不行，此物之情也。故極道狹邪游冶之樂，江湖契闊之愁，至蕭然疲役，不可支持，乃反之以正云。

回腸無奈别愁煎，待得鸞膠續斷絃。最憶錢塘風物苦，西湖月落採菱船。

其二

吴中風物最嬌嬈，百里春風酒旆摇。往往貴人留騎從，少年叢裏貰金貂。

其三

行雲行雨迷三峽，歸鳳求皇振九苞〔二〕。月白花紅傾酒滿，不將春色等閑抛。

其四

紅紫欲疏啼百勞，洞宫春色醉蟠桃。虚窗酒病扶頭起，强取金釵癢處搔。

其五

抹裙彩鳳盤宫錦〔三〕，插鬢真珠絡貝多。酒惡花愁夢多魘，靈砂犀角費頻魔〔四〕。

其六

玉壺躭躭浸晴霞〔五〕，庭有三春接續花。準擬只無難白髮，金鑪誰爲煮黄芽。

其七

雨餘花色倍鮮明，最是春深多晚晴。美酒壯人如敵國，千金一笑買傾城。

其八

風光琰琰動春華，回首煙波萬里賒。山似翠屏西子國，溪如罨畫越王家。

其九

雙盤錦帶丁香結，窄袖春衫甘草黄。舊贈恐能開寶匣，新年時候夢殘妝。

其十

滯夢停愁亂性靈，安眠滅念閉幽扃。體中忽覺有佳處，讀《易》一篇如酒醒。

〔一〕否：原校：「一作態。」

〔二〕九苞：原注：「鳳尾也。」

〔三〕抹：原注：「莫八切。」

〔四〕魔：原校：「一作磨。」

〔五〕躭：原注：「音儋。」

24 書舞陽西寺舊題處 并序　熙寧二年葉縣作

己酉二月，按鬬死者於舞陽，授館在縣西浮圖。食罷，解衣盤礴，壁間得往歲書。

思拂塵落筆之時，觀者左右，便似數百年事，信今夢中强記昔夢耳。新物代故物，如十指相爲倚伏，抵掌而談，縮手入袖，遂成前塵。造形乃悟，已非其會；矢貫其首，方且睨引弓者誰。故古人嘗眇萬物以爲言，以謂樞始，得其環中，以應無窮。嗟乎，浩浩七年，其間興廢成壞，所更多矣。自其究竟言之，誰廢誰興，誰成誰壞？非見無我，非我無見，故曰無所見見。去言以觀吾言，後當有知言者。

萬事紛紛日日新，當時題壁是前身。寺僧物色來相訪，我似昔人非昔人。

25 飲李氏園三首 元豐元年北京作

小摘來禽興未厭，蔬畦經雨緑纖纖。坐分紫石蒲萄下，不怕龍須罥帽簷。

其二

日莫涼風特特來，醉呼紅燭更傳杯。歌闌興盡須歸去，不用繁蟬抵死催。

其三

手挼紅杏醉繁香〔一〕，回首春前夢一場。便與經營百船酒，再來應是菊花黄。

〔一〕挼：原作「桵」，據四庫本改。

26 宿黄山 熙寧四年葉縣作

平時遊此每雍容，掩袂今來對晚風。白首同歸人不見，黄山依舊月明中。

27 題季張竹林村

百畝清陰十萬竿，一溪流水四圍山。太平無用經綸者，乞與閑身向此閑。

28 次韻答邵之才

文章真向古人疏，聊有孤懷與世殊。陋質不堪華衮贈，可能薏苡似明珠。

29 公益嘗茶 元豐元年北京作

子雲窗下草玄經，寒雀争喧户晝扃。好事應無攜酒榼，相過聊欲煮茶餅。

30 雜詩 元豐二年北京作

迷情淡蕩不知津，老卻平生夢幻身。滿眼紛華心寂寞，長安市上酒家人。

31 漫書呈幾復三首 治平三年作

古人踽踽已先登，後學蕭蕭不再興。顧我尫羸君勉强，百年漂忽甚風鐙。

其二

空名不繫身輕重，此道當如命廢興。彷彿古人前日事〔一〕，解衣捫蝨對青鐙。

其三

秋蟲振羽驚寒夢，河漢西斜夜獨興。欲罷不能呼子起，新涼宜近讀書鐙。

〔一〕前日事：四庫本作「如可作」。

32 謝陳正字送荔支三首 元豐四年太和作

十年梨棗雪中看，想見江城荔子丹。贈我甘酸三百顆，稍知身作近南官。

其二

齋餘睡思生湯餅，紅顆分甘慳下茶。如夢泊船甘柘雨，芭蕉林裏有人家。

其三

橄欖灣南遠歸客，煩將嘉菓送蓬門。紅衣襞積蠻煙潤，白曬丁香之子孫。

33 雜詩七首 熙寧四年葉縣作

此身天地一蘧廬，世事消磨緑鬢疏。畢竟幾人真得鹿，不知終日夢爲魚。

其二

營巢燕燕幾時休，在處成家春復秋。歲歲自來還自去，主人無厭客無求。

其三

館甥宫裏歎才難，當日同朝聽百官。光武早知堯舜事，只今那得子陵灘。

其四

少年不愛萬金身，歌舞尋春愁送春。滿眼紛華心寂寞，長安市上酒家人。

其五

薰鑪茶鼎偶然同，晴日鴉啼柿葉風。萬事盡還麴居士，百年常在大槐宫。

其六

古屋清寒雪未消，小窗晴日展芭蕉。酸甘荔子嘗春酒，更碾新芽薦菊苗。

其七

碧窗涼簟唯便睡，露井無塵蔭綠槐。夢入醉鄉猶病渴，轆轤聲到枕邊來。〔一〕

〔一〕原注：「按畚注載，第六首公有真蹟云：『比見師川録示諸賢《和南塔題壁詩》，甚愧老拙，簸秕在前也。歸閲計草中有一篇與壁題異，不知壁間字是拙筆否。今録上郃老刮去。』手寫此篇：『薰鑪茶鼎暫時同，寒日鴉啼柿葉風。萬事須還麴居士，百年止在槐安宫。』而第八首元載第六卷，題作《武陵》。今詳録之，以備觀覽。」

34 行邁雜篇六首

簇簇深紅間淺紅，苦才多思是春風。千村萬落花相照，盡日經行錦繡中。

其二

白白紅紅相間開，三三五五踏青來。戲隨蝴蝶不知遠，驚見行人笑卻回。

其三

村落人家桃李枝，無言氣味亦依依。可憐憔悴蓬蒿底，蜂蝶不知春又歸。

其四

杏村桃塢春三月，少有人家不出遊。一顧雖無傾國色，千金肯爲使君留。

其五

滿院青楊吐白綿，未多柳絮解漫天。野人豈會斷優劣，只問牀頭沽酒錢。

其六

十日狂風桃柳休〔一〕，常因酒盡覺春愁。泰山爲肉釀滄海，料得人間無白頭。

〔一〕桃柳：四庫本作「桃李」。

35 江南 元豐元年北京作

夢寐江南未行歸〔一〕，清波鮰子上鉤肥。五年身屬官倉米，輸與漁人坐釣磯。

〔一〕夢寐：《外集補》作「夢寂」。

36 謝張仲謀端午送巧作　熙寧四年葉縣作

君家玉女從小見，聞道如今畫不成。翦裁似借天女手，萱草石榴偏眼明。

37 送張子列茶

齋餘一椀是常珍，味觸色香當幾塵。借問深禪長不卧，何如官路醉眠人。

38 十月十五早飯清都觀逍遥堂

心遊魏闕魚千里，夢覺邯鄲黍一炊。蔬食菜羹吾亦飽，逍遥堂下葉辭枝。

39 戲答諸君追和予去年醉碧桃

當時倒著接䍦回，不但碧桃邀我來。白蟻撥醅官酒滿，紫綿揉色海棠開。

40 睡起二首（一）　熙寧三年葉縣作

簾幕陰陰不見人，日斜窗影弄遊塵。風和睡起鳥聲樂，天地無私花柳春。

其二

古來志士願不辱，少在朝廷多在山。寄食生涯無定止，此心長到白雲間。

〔二〕自注：「時蒲城佚盜，郡以校見督。」

41 絶句 元豐五年太和作

春風一曲花十八，拚得百醉玉東西。露葉煙叢見紅藥，猶似舞餘和汗啼。

宋黄文節公全集·外集卷第二十

詩

七言絶句

1 雪後登南禪茅亭簡張仲謀二首 熙寧四年葉縣作

雪後憑高望洛都，萬峰遮眼白模糊。相將閬苑樓臺上，展盡山陰水墨圖。

其二

風入村墟摇酒旆，雲埋行徑罷樵蘇。狐裘年少宜追獵，正有飢鷹待一呼。

2 雜詩四首 元豐二年北京作

扁舟江上未歸身，明月清風作四鄰。觀化悟來俱是妄，漸疏人事與天親。

其二

佛子身歸樂國遥，至人神會碧天寥。劫灰沈盡還生妄，但向平沙看海潮。

其三

小德有爲因有累，至神無用故無功。須知廣大精微處，不在存亡得失中。

其四

黄帝煉丹求子母，神農嘗藥辨君臣。如何苦思形中事，憂患從來爲有身。

3 余成詩 并序　熙寧四年葉縣作

役者余成，忠信不二，執鄙事八年，未嘗見其過。其畏得而好德，畏不善而慎罰，躬行而心安樂。問其部伍，蓋自其少時至於今，行年六十矣，猶一日也。察其私，持廉甚謹，而遠名。吾嘗與僚友論其人，雖古之學問士大夫，木强而厚於德如第五公、胡威，未能遠過也。此其人豈子夏所謂「雖曰未學，吾必謂之學矣」者乎？吾貧，不能脱其役，與之同歸江湖之上，作詩以識愧。

丹籍生涯無列鼎，白頭忠信可專城。自非車騎將軍勢，愧使王尼常作兵〔一〕。

〔一〕自注：「晉王尼爲兵，大將軍幕府、洛中名士王澄、胡毋輔之皆與尼交。將軍聞之，因與尼長（原作「表」，據嘉靖本改）假，遂得離兵。尼字季孫。」

4 過西山

新春木葉未蒙籠，西望天涯幾日通。商洛山間白雲起，行歌思見採芝翁。

5 夜聞鄰舟崔家兒歌

半夜聞歌客寢驚，空餘縹緲渡江聲。湘妃舞罷波紋冷，月欲銜山天未明。

6 重答

莫怪東牆擲果頻，沈郎眉宇正青春。自言多病腰圍減，依舊瓊林照映人。

7 鴻溝〔一〕

英雄並世不相容，割據山川計亦窮。溝水已東全入漢，淮陰誰復議元功。

〔一〕原注：「此詩止《子產廟》，乃和李秀才四絶句。山谷晚年獨取《楊朴墓》一首。」

8 裴晉公書堂

裴公入相便論兵，躍馬淮西一戰平。黄閣不須金印好〔一〕，卻來山下作書生。

〔一〕閣：原作「闔」，據《外集補》改。

9 子産廟

區區小鄭多君子，誰若公孫用意深。監巫執節誅腹誹〔一〕，不除鄉校獨何心。

〔一〕巫：原缺，據四庫本補。

10 見二十弟倡和花字漫興五首

落絮遊絲三月候，風吹雨洗一城花。未知東郭清明酒，何似西窗穀雨茶。

其二

官馳鳴鐸逐鹽車，只見風塵不見花。空作江南江北夢，辛夷躑躅倚山茶。

其三

睡起草玄三畝宅，無人載酒眼昏花〔一〕。不知誰勸路門講，天上日長爲賜茶〔二〕。

其四

鄴城也似洛城闊，□□園林學養花。欲把一樽隨飲處，□□處處鎖官茶。

其五

池面白魚吹落絮，□□□□退枯花。無因光禄賜官酒，且學潞公灌蜀茶。

〔一〕載：四庫本作「送」。

〔二〕爲：《外集補》缺，四庫本作「坐」，并校：「一作爲。」

11 九日對菊有懷粹老在河上四首〔一〕

月邀棋約屢登臺，學省公廳只對街。九日菊花孤痛飲，百端人事可安排。

其二

黄花節晚猶可惜，青眼故人殊未來。金蘂飛觴無計共，香鈿滿地始應回。

其三

憶得舊時重九日，紫萸黄菊壓梳釵。寒花有意催垂淚，喜鵲無端屢下階。

其四

碧窗閑殺春風手，古柳啼鶯幾日回〔二〕。縱有黄花堪對酒，應無紅袖與傳杯。

〔一〕嘉靖本、《外集補》題下注：「後二首爲琵琶女奴作。」

〔二〕「啼」原作「堤」，據四庫本改。「鶯」原作「鸞」，據《外集補》改。

12 直舍寄陳子惠

廣文賓退下簾重，涼氣微生筆硯中。不得朱絃寫流水，緑槐陰合鳥呼風。

13 大風　熙寧八年北京作

霜重天高日色微，顛狂紅葉上階飛。北風不惜江南客，更入破窗吹客衣。

14 窗日　元祐八年丁母艱家居作

歎息西窗過隙駒，微陽初至日光舒。□□□長宫中綫，添得思堂一卷書。

15 銅官僧舍得尚書郎趙宗閔墨竹一枝筆勢妙天下爲作小詩二首 元豐三年改官太和經途作

省郎潦倒今何處〔一〕，敗壁風生霜竹枝。滿世閻劉專翰墨〔二〕，誰爲真賞拂蛛絲。

其二

獨來野寺無人識，故作寒崖雪壓枝。想得平生藏妙手，只今猶在鬢如絲。

〔一〕倒：原作「到」，據四庫本改。

〔二〕閻劉：原闕，據宋鄧椿《畫繼》卷四補。

16 曉出祥符趨府 熙寧八年北京作

朝霞藻繪舜衣裳，天碧山青認赭黄。憶得御鑪煙直下，紫宸辭罷過宫廊。

17 戲答龍泉余尉問禪二小詩 元豐五年太和作　龍泉太和鄰邑

重簾複幕鎖蛾眉，銀燭金荷醉舞衣。長爲扶頭欠斗酒，不關禪病減腰圍。

其二

翻頭作尾掉枯藤，臘月花開更造冰。何似清歌倚桃李，一罏沈水醉紅鐙。

18 戲贈元翁 元豐六年太和作

從來五字弄珠璣，忍負僧床鎖翠微。傳語風流三語掾，何時綴我百家衣。

19 招戴道士彈琴 熙寧八年北京作

春愁如髮不勝梳，酒病綿綿困未蘇。欲聽淳音消妄想，抱琴端爲一來無。

20 送君庸 元豐五年太和作

北風吹雨薄寒生，人與臘梅相照明。恨君草草渡江去，重約歸時舞鳳笙〔一〕。

〔一〕舞：《外集補》作「五」。

21 北園步折梅寄君庸

林中破笑派雪雨，不著世間笑粉塵。覆立曉風香滿袖〔一〕，無人同詠一枝春。

〔一〕立：《外集補》作「入」。

22 一夕風雨花藥都盡唯有豨薟一叢濯濯得意戲題〔一〕 元豐六年太和作

紅藥山丹逐曉風，春榮分到豨薟叢。朱顔頗欲辭鏡去，煮葉掘根儻見功。

〔一〕豨薟：原作「稀薟」，據嘉靖本、《外集補》改。正文同。又嘉靖本有題下自注：「是日丙午，四月朔。」

23 漫興 元豐五年太和作

肉食傾人如出凡，藜羹賦我是朝三。曉來不倦聽衙鼓，雲裏捲簾山正南。

24 寄劉泗州 元豐七年德平作

萬馬千艘要路津，禪翁新畫兩朱輪。行春定得忘言對，金碧浮圖何姓人〔一〕。

〔一〕姓人：原校：「一作國人。」

25 次韻公擇雨後 元豐三年改官太和道中作

二聖勤民損膳羞，雨餘今見角田秋。碧酒尚堪遮眼醉，紅榴不解替人愁。

楚詞

26 至樂詞寄黄幾復 治平三年作

余汎觀於天下兮，何者樂而誰者足憂。憂于窅窅不得兮，樂盡萬物而無求。玩聲色而敝形性兮，維造化之螟蠹。將逍遥鑪錘之外兮，尚何俛首而嬰此細故。百年存亡得失兮，吾既視弈棊與樗蒱。寒暑蚤夜極則還兮，有滿則有虚。應龍之不拘繫兮，寧與羸馬帖耳而求芻。雲升雨降兮，上下有無。入與神會兮，出與化俱。無對於天下兮，制命在予。賈群囂而我静兮，豈其跨一市以求直。乃有德人相與友兮，忘我於忘言之域。廓宇宙以爲量兮，奚自適而不通，遂風休而冰釋。

27 録夢篇

春風亂思兮吹管弦，春日醉人兮昏欲眠。卻萬物而觀性兮，如處幽篁之不見天。試縱神而不御兮，如有順心之洒然。委蜩甲而去化，乘白雲而上仙。因天倪而造適，觀衆妙之玄玄。風開閶闔而進予，帝示予以化物之甄。予撼玄關而去牡，帝宴笑以忘言。吾見萬靈朝明庭兮，冠佩如雲煙。名聲毀譽之觀兮，差無以異乎人間。息心於慕羶之蟻，會理於止水之淵。與我游物之初兮，曰是可以解而縣。不知其所以得兮，而泠然似有所存。歸占夢靈兮，蓋天振吾過。矯心以循理兮，殆其沃水而勝火。故喜曲轅之櫟以得祥，驚主人之雁以近禍。離水火而天兮，乃得使實自我。蕩然肆志兮，又烏知可乎不可？亂曰〔一〕：芻狗萬物兮，天地不仁。體止而用無窮兮，播生者於迷津。有形而致用者之謂器，無形而用道者之謂神。背昭昭而起見兮，聚墨墨而生身。犯有形而遺大觀兮，動細習於游塵。彼至人而神凝兮，同予夢而先覺。顧天下孰不學兮，乃會歸於無學。予心之不能忘兮，將波流風靡而奈何，唯鎮之以無名之樸。

〔一〕亂：嘉靖本作「辭」。

28 秋思 和答幼弟阿熊，呈上六舅學士先生。并序　熙寧六年北京作

庭堅之少也，學於舅氏，而後知方。長就食於江南北間，不拜請益之席蓋十三年。歲在星紀，實作此文，申寫依歸之願。

柴門扃兮，牛羊下來其已久。四壁立兮，蛩螿太息不可聽。夜冉冉兮，斗魁委柄若授

人。天寥寥兮，河漢風浪西南傾。山川悠遠兮，誰獨不共此明月。維德人不見兮，采薇蕨于江之南。風露寒兮，薇蕨既老而苦澀。江道險難兮，不知先生之何食。往予窺道而見兮，俯甘井以解渴。天地施我生兮，先生厚我德。水波無津兮，既拯我舟杭；路微徑絶兮，又翦我荆棘。秉道要而置對兮，一與而九奪。曾不更刀兮，破肯綮于胸中。湛湛兮如長江之吐月，霏霏兮若旋盤之落屑。會鉏鋙於一堂兮，曾不侮予以色辭。星翻翻其争光兮，觀北斗之運四時。維回首之日淺兮，又穿鼻而伏皂。乘流下兮，忽不自識其闕遺。悲去日之既往兮，愛是日之方來。有玉於櫜兮，師以爲王所之器。維昔之不謨獻之，維今之莫予琢之。起望天極南兮，僕夫其穀予馬。恐蓍龜之遠兮，入鮑肆不知其化。子歌犂然隱余心兮，爲而三歎其一和。微子之昌言兮，殆莫振余過。已矣乎！芳蘭無澤兮歲遒，衆芳歇兮曷予佩之求。絶萬里兮吾以子牛，横大川兮吾以子舟。竊悲吾子之多暇日兮，愁嗟黄落如郢客之見秋。

29 悼往 熙寧三年葉縣作，是年蘭溪縣君没。

西風悲兮敗葉索索，照陳根兮秋日將落。髣髴兮夢與神遇，顧瞻九原兮豈其可作。俄有悲秋之羽蟲兮，自傷時去物改，擁舊柯而孤吟。四郊莽蒼聲斷裂兮，久而不勝其歎音。平生之梗概兮欲蕭蕭而去眼，將絶之言語兮忽歷歷而經心。謂逝者有知兮，何喜而棄此去也；謂逝者無知兮，誰職爲此夢也。憑須臾之不再得兮，哀此言之不予聽。回廊窈窕月皓白兮，無復曩時之履聲。擥平生之餘製兮，薌澤其猶未沫〔一〕。雖飄飄其日敗兮，吾不忍改其此佩。愁蕘蕘其中予兮，如醳酒之不化。歘别離之幾時兮，誰與此夏日冬夜。自我先兮一無窮，在我後兮亦一無窮。六七十便了一生兮，何異木末之有狂風。待外物而造適兮，固不若放之自得之場。彼莊生之一缶兮，亦何異荀氏之神傷。吾固知藏于天者至精，交于物者甚粗。飲泣爲昏瞳之媒，幽憂爲白髮之母。憂來泣下不可安排兮，如孟津之捧土。彼寒暑之寖化兮，天地尚不能以朝莫。目熒熒而不寐兮，夜亹亹而過中。雖來者猶不可待兮，恐不及當時之從容。

〔一〕沫：原作「泳」，據四庫本改。

30 聽履霜操 并序 熙寧元年葉縣作

士有有意於問學，不得於親，能不怨者，預聽斯琴。予故爲危苦之詞，撼其關鍵，冀其動心忍性，遇變而不悔。

靈宫窈窕兮寒夜永，篁竹造天兮明月下影。木葉隕霜兮秋聲勤，我以歲莫起視夜兮，北山飲予斗柄。幽人拂琴而當予曰：夫子則鍾期，嘗試刳心而爲之聽。若有人兮亦既修宴，衽席之言兮不知其子之齊聖。嘉孝子之心終無已兮，不忍忘初之戒命。人則不語兮弦則語，客有變容而涕洟，奄不知哀之來處。悲乎痛哉！葛履蒻蒻兮絺綌涼涼，衣則風兮車上霜。天雲愁兮，空山四野。竭九河澒涕痕兮，忽承睫其更下。嫠不憂其緯兮，恤楚社之不血食。盡子職而不我愛兮，終非父母之本心。天高地厚施莫報兮，固自有物以至今。雊雊鷄乳兮麋鹿解角，天性則然兮無有要約。哀號中野兮，於父母又何求。我行于野兮不敢有履聲，恐親心爲予動兮，是以有履霜之憂。古人之骨朽矣，匪斯今也。蹙然如動乎其指，浩然如生乎其心也。聲音之發鉤其深也，枯薪三尺惟學林也。

〔附〕聽履霜操初本

士有意于問學，不得於親，能勿怨者，預聽斯琴。予故爲危苦之詞，以撼其關鍵，翼其動心忍性，遇變而不悔。

靈宫窈窕兮寒夜永，篁竹造天兮月疏影。霜能秋聲兮木葉下，起視夜兮闌干斗柄。幽人據琴而當予曰：夫子則鍾期，嘗試刳心而爲之聽。若有人兮亦既修宴，衽席之言兮不知其子之齊聖。嘉孝子之心終無已兮，不忍忘初之戒命。嗚呼悲哉！葛屨蒻蒻兮絺綌涼涼，衣則風兮車上霜。天雪愁兮空山四野，挽九河澒涕痕兮忽承睫其更下。寒飢迫人，死日至兮，憯不矜我躬。盡子職而不我愛兮，終非父母之本心。天地高厚世莫報兮，今也奈何？曰：怨不我好則已兮，豈其予之心願。哀號中處兮，於父母又何求？我行于野兮不敢有履聲，恐親心爲予動兮是以有履霜之憂。（《山谷年譜》卷二）

31 鄒操 并序

晉人以幣交孔子而召之，禮際甚善。孔子將渡河，聞趙簡子殺鳴犢舜華，臨河而不進曰：「洋洋乎！丘之不濟此，命也夫！」學者常以事不經見，相與獻疑，以爲魯哀、季桓不足與有明也，公山佛肸不足與有爲也，衛以家聽南子，齊以國聽田常，陽貨亂人，原壤之不肖，與之酬酢，雍容禮貌而弗絶也。簡子殺大夫，何得罪之深歟？彼蓋不知亡國之祥，莫大乎殺賢大夫。無罪而殺賢大夫，鉏國之幹也。無罪而戮一民，士可以捨禄；無罪而殺一士，大夫可以命車。鉏國之幹而不得罪于國人，國非君之有也。推此以行，其孰不翦刈？故君子見微，歸在鄒，作《鄒操》。

歸歟懷哉，此邦不可以遊。眷吾車而有梶，非河滸之無舟。政何君而莫與，君何國而莫求？歲荏荏而老至，慨時運之不逑〔二〕。洋洋乎水哉，丘之不得濟也。昊天不弔，仁者此無罪也。攬國辟而家擅，幾何而不殆也。心病不可藥，手足未有害也。烏覆巢于主人，鳳摩天而逝也。求所用生喪其生，吾不忍幪此蠆也。豈曰如之何，然後求諸蔡也。已乎已乎！鳥獸山林，則以食也。天下有道，丘不與易也。歸我休矣，奉帝則也。大同至公〔三〕，天地德也。小物自私，智之賊也。國無知兮，我非傷悲兮。騶御委轡，四牡馳兮。心不慊於前驅，又欲下而走兮。中園有林，斧所相兮。大厦峨峨，不謀匠兮。往者不可及，來者吾猶望兮。

〔二〕慨：原作「忼」，據嘉靖本改。

〔三〕公：原作「小」，據下附録《鄒操》初本改。

〔附〕鄒操初本

晉人以幣交孔子而召之，禮際甚善。孔子將渡河，聞趙簡子殺鳴犢舜華，臨河而不濟，曰：「洋洋乎！丘之不濟此，命也夫！」自頃學士大夫常怏怏此旨，以謂魯哀、季桓不足與聞《說命》《伊訓》，公山佛肸不足與道《武成》《牧誓》，衛以家聽南子，齊以國聽田常，陽貨亂人，原壤之不肖，俯仰是間，周旋而不絶也。簡子殺其大夫鳴犢舜華，不已甚乎！彼蓋不知國之有賢大夫，社稷庇食焉。無罪而戮民，士可以覆簋。無罪而士死，大夫可以命車。無罪殺賢大夫，耡國之幹也。耡國之幹而國人戴之，若無罪，是何祥也？故君子見微歸在郷，作《郷操》云爾。

歸歟歸歟，是邦不可以游。甚愛吾車之柅，非津者不以我舟。彼有邦吾既求之，彼有政吾既聽之。日月川流，筋力舍予而去之。山夷谷實，忍不與人曉之。洋洋乎水哉，丘則不得濟也。昊天下威，螻蟻尚卒歲也。除塞露而及堂，幾何而不殆也。墜大木而斧根，枝葉未有害也。用麟於牛羊之鼎，啜羹者皆在位也。求所用生喪其生，吾愛屨而忍鏽也。望其祥而卜之，曷歸問吾蔡也。已乎已乎！鳥獸山林，寢廟食也。滔滔者我人，丘不得息也。我是孔艱，日月慝也。大同至公，天地德也。小物自私，智之賊也。河水東傾，我心孔悲兮。四牡奔奔，御不省式兮。徐驅而理銜，大路甚夷兮。高丘有林，斧所相兮。大厦岌岌，不謨匠兮。往者不可言，來者吾猶及兮。（《山谷年譜》卷二）

32 渡江 熙寧元年葉縣作

行渡江兮吾無舟，湯湯東注兮褰裳不可以遊。漁横舟兮不即渡，敻萬里以在前兮無家反顧。雲翳翳兮雨凄凄〔一〕，不濟此兮誰與歸？行渡江兮我無楫，釋吾馬兮不可以涉。嗟行路之難兮，援琴以身忘。手不得於吾心兮，聲久抑而不張。天涔涔兮又莫雨，不濟此兮吾歸何處？

〔一〕翳翳：原作「醫醫」，據嘉靖本改。

33 毁璧 元豐六年太和歸家作

毁璧兮隕珠，執手者兮問過。愛憎兮萬世一軌，居物之忌兮固常以好爲禍。羞桃蒴兮飯汝〔一〕，有席兮不嬪汝坐。歸來兮逍遥，采芝英兮禦餓。淑善兮清明，陽春兮玉冰。畸於世兮天脱其纓〔二〕，愛罝人兮生冥冥〔三〕。棄汝陽侯兮，遇汝曾不如生。未可以去兮殆而其雛嬰，衆雛羽翼兮故巢傾。歸來兮逍遥，西江浪波兮何時平〔四〕？山涔涔兮猿鶴同社，瀑垂天兮雷霆在下。雲月爲晝兮風雨爲夜，得意山川兮不可繪畫。寂寥無朋兮去道如咫，彼幽坎兮可謝。歸來兮逍遥，增膠兮不聊此暇。〔五〕

〔一〕羞桃蒴：《能改齋漫録》卷一四作「彼詛汝」。

〔二〕纓：原作「櫻」，據《能改齋漫録》改。

〔三〕生：原無，據《能改齋漫録》補。

〔四〕兮：原無，據《能改齋漫録》補。

〔五〕詞後原有按，即該詞序文，見本書《别集》卷二，此删。詞後原又附李彤跋語，今改入附録序跋類。

賦

34 劉明仲墨竹賦 元祐三年祕書省作

子劉子山川之英，骨毛粹清。用意風塵之表，如秋高月明。游戲翰墨，龍蛇起陸。嘗其餘巧，顧作二竹。其一枝葉條達，惠風舉之。瘦地筍笴，夏篁解衣。三河少年，禀生勷剛。春服楚楚，俠游專場。王謝子弟，生長見聞。文獻不足，猶超人群。其一折幹偃蹇，斫頭不屈。枝老葉硬，强項風雪。廉藺之骨成塵〔一〕，凛凛猶有生氣。雖汲黯之不學，挫淮南之鋒於千里之外。子劉子陵雲自許，按劍者多，故以歸我，請觀謂何。黄庭堅曰：吾子於此，可謂能矣。猶有修篁之歲晚，枯柟之發春。少者骨梗，老而日新。附之以傾崖礐石，摧之以冰霜斧斤。第其曾高昭穆，至於來昆仍雲。組練十幅，煙寒雨昏，迺爲能盡之。蓋陽虎、有若之似夫子，市人識之；顔回之具體，門人不知。蘇子曰：世之工人，或能曲盡其形；至於其理，非高人逸才不能辨。意其在斯，故籍外論之。梓人不以慶賞成虡，痀僂不以萬物易蜩。及其至也，禹之喻於水，仲尼之妙於《韶》，盡因物而不用吾私焉。若夫燕荆南之無俗氣，庖丁之解牛，進技以道者也。文湖州之得成竹於胸中，王會稽之用筆如印印泥者也。詩云：「鶴鳴于九皋，聲聞于天。」妙萬物以成象，必其胸中洞然。好學者天不能掣其肘，劉子勉旃。

〔一〕塵：原脱，據叢刊本補。

35　放目亭賦　有序　元符元年黔州作

走馬承受丁君作亭於其廨東北，吾友宋楙宗以爲盡表裏江山之勝，名其亭曰「放目」，而黔江居士爲之賦。

放心者逐指而喪背，放口者招尤而速累。自作訿訿，自增憒憒。登高臨遠，唯放目可以無悔。防心以守國之械，防口以挈瓶之智。以此放目焉，方丈尋常而見萬里之外。

宋黄文節公全集·外集卷第二十一

書

1 答何静翁

辱書勤懇，審履道不踰禮義之防。於黄卷中求見古人，皆流俗之所趣。而叩寂求音，得之於淡泊，甚善甚善。今人古人，皆可師可友，能自得之者，天下之士也。精求經術，又能博極群書，此劉向、揚雄之學也。如足下所已得者，殊自不凡，要得登龜蒙而小魯，上日觀而眇天下耳。其餘流俗之所趣〔二〕，期不復爲，亦知足下不望此於不肖也。恨未識面，苟知向學之方，則千里同風矣。秋熱，更希珍重。

〔二〕趣：原作「相」，據嘉靖本改。

2 答鮮自源

春夏來多病，故久不作書。亦聞在旁邑會學，粗有衣食之願，故可相忘耳。辱書勤懇千萬，并寄顏、李書，皆所欲得，欽佩至意。所欲《齊亭記》，老懶倦作文，如王方平不復喜麻姑狡獪耳。隨語作二銘，不足觀，漫往。何静翁寄詩及論史事，皆佳作也，恨未相識耳。如此基址，若得師友成就，當於世間有大名也。近又得榮州趙縝子智，能文，有胸臆，非今鎔化人語作大義進士也。亦聞其本是醫家子，居鄉黨有行義，亦恨其迫於衣食，從人講授，未能卒業耳。蔡次律、張寬夫今年來作詩及文字皆進。懶倦又多賓客，奉書草草。

3　答李材

蚤聞被選考試，如公清慎好學，上司采聽，誠不繆矣。以嫌不敢奉謁，方欲作啓問行李早晚，遽辱賜教，開諭勤懇，感愧感愧！不肖曩時以虚名屢當此責，嘗聞諸先生長者，以爲考試以至公慎密爲主，以禮待士爲次。所出題雖自有意義，亦不必純取合己意者。或其人説長，或理不足而文詞勝，皆可取也。既而用之，人多以爲然。昨聞上司甚病士人以行賄成俗，極欲革此弊，恐舉子道中投謁，至於僧道術士皆當避之耳。公冰清玉潔，更及此者，交遊之情不能已爾。尊夫人左右，想侍奉不闕，或須藥餌，告令人示諭。

4 與洪駒父

駒父知録外甥：得手書，知官下安勝爲慰。所寄文字，更覺超邁，當是讀書益有味也。學問文章，如甥才器筆力，當求配於古人，勿以賢於流俗遂自足也。然孝友忠信，是此物之根本，極當加意養以敦厚醇粹，使根深蔕固，然後枝葉茂爾。仕宦如農夫之耕，其得秋在深耕而熟耰之，歲事之成，則有命焉。每見邠老，亦爲之道此，不審以爲何如。至親中失公擇、莘老，胸中至今憒憒，不可思念。餘惟自愛耳。

5 又

駒父知録外甥：久欲作書，人事匆匆〔一〕，因循至今。所寄詩，每開卷，歎息彌日。若齋心服形之功亦至於此，老舅以爲白首之託也。如甥才秀如此，不患當路諸人不知，但勤官業，懷璧自愛耳。邠老才性極明敏，相與琢磨，去盡少年之色，須用董梧之鉏痛治之耳〔二〕。學功夫已多〔三〕，讀書貫穿，自當造平淡，且置之，可勤董、賈、劉向諸文字。學作論議文字，更取蘇明允文字讀之。古文要氣質渾厚，勿太雕琢。作得寄來。

〔一〕匆匆：原作「忽忽」，據嘉靖本改。

〔三〕董：原作「堇」，據嘉靖本改。

〔三〕已：原作「以」，據嘉靖本改。

6 又

駒父外甥推官：得來書，并寄近詩句，甚秀而氣有餘，慰喜不可言。甥風骨清潤，似吾家尊行中有文者，忽見法句如此，殆欲不孤老舅此意。君子之事親，當立身行道，揚名於後，文章直是太倉之一稊米耳。此真實語，決不相欺。又聞頗以詩酒廢王事，此雖小疵，亦不可不勉除之。牛羊會計，古人以養其禄，老舅昔嘗亦有此過，三折肱而成醫，其説痛可信也。鄧翁亦甚相愛〔一〕，論亦及此，切希加愛。

〔一〕「鄧翁」下自注：「公擇曾師之。」

7 又

南昌必數得安問。所須筆墨二種，又龜蒙麝煤二丸。有新作更寄來。都下有所須，因來示諭。切希勤吏事，以其餘從事於文史，常須讀經書，味古人經世之意，寧心養氣，累九鼎以自重，乃所望於甥者。一日克己，天下歸仁焉，無患人不知也。潘邠老聰明强敏，相從以講學爲事，乃佳耳。

8 答黎晦叔

承寄惠長韻詩，去年三月中到涪陵乃得之，詞意高妙，氣極老成，歎服無已。惟所以待不肖於古人，則極不敢當。賈誼有王佐之材，而不能盡其藴；李白歌詩度越六代，與漢魏樂府争衡，豈不肖之所敢望？若不肖者，猶未棄衣冠一老僧，安能有益萬分？又自元祐中，以病瘧不能苦思，遂不作詩，無以報來貺，但珍藏耳。文長院諸表甥爲致問千萬。適有親舊相過，連日苦人事，來人督書甚急，作記極草草。

9 答㛹道尉〔一〕

雨餘便熱，喜承起居輕安。伏奉手誨，委掃除之幣於不肖之庭，自視缺然，何敢當先生之禮？至所以爲幣，又不敢當也。聞古者相見之禮，以束脩、乘壺、一犬，言其足以將至意，易致而不費也。朝覲之禮，天子受其贄而反其玉，雖千乘之富，亦不以其貨也。唯足下之誠已達於不肖，其幣則反諸從者。衰俗之中，稍以古道自振，亦吾儕之職也。伏幸照察。

〔二〕原注：「尉，勾宗卨。」

10 又

重辱手教，不聽辭所將之幣，似未見察也。所謂行束脩者，前書盡之矣，幸足下三復之。昔者孔子食於季氏，不祭而食，食於少施氏而飽，曰：「少施氏食我以禮，非以季氏之食不美於少施也。」足下諒之而已。

11 又

適者極道古人之義，而足下終不察，豈不肖之貪鄙污陋素聞於世邪？物有可以取，則管仲與鮑叔賈，分財多自與；有可以無取，則王陽不貪西鄰過牆之棗。物有可以與，則孔子與原憲粟九百；有可以無與，則靳於子華之母請粟。故曰：可以無取，取傷廉；可以無與，與傷惠。二者俱失。足下一舉而使彼己俱失之，竊以爲過矣。《易》曰：「初筮告，再三瀆。」足下深思此義，斷之可也。

12 與王立之

伏承手誨，審霜寒侍奉萬福爲慰。惠示詩文，皆有爲爲之，甚善。更權以古人之言，求合於六藝，當有日新之功。書室可名曰「求定齋」，古人有言：「我徂惟求定。」彼蓋以治國家，我將推此以爲養心之術。木之能茂其枝葉者，以其根定也；水之能鑑萬物者，以其塵定也。故曰能定然後能應。不審以爲如何？適爲親老今且苦痰眩，故久稽來使，又未能寫所示紙軸，想痛察也。某頓首。

13 又

每思足下有日新時邁之氣，頗欲以文字相從〔一〕。所居既南北相望，又公私匆匆，初無暇日，但馳情耳。辱教，審體力勝健爲慰。承尊府往懷州，幾時當歸也？復少游書，詞意自相了，佳作也。若讀經史貫穿，使詞氣益遒，便爲不愧古人矣。劉勰《文心雕龍》、劉子玄《史通》，此兩書曾讀否？所論雖未極高，然譏彈古人，大中文病，不可不知也。高麗紙得暇即寫。多事，草率。

〔一〕從：四庫本作「質」。

14 又

辱教，并惠示《蠟梅》詩，感歎，恨多病不能繼聲爾。論題俟一二三日間檢上。策題不須作，但取《通典》。凡事目大者，類取古今沿革與今日所宜者，作文一篇，大略得三十篇，即縱横貫穿矣。小詩若能令每篇不苟作，須有所屬乃善。頃來詩人惟陳無己得此意，每令人歎伏之。蓋渠勤學不倦，味古人語精深，非有爲不發於筆端耳。

15 又

比辱車馬，甚惠。欲往上謁，因得款語，尚以秋暑未艾，新病起，畏衝冒耳。承惠教，審侍奉安勝爲慰。二文皆佳作，今少年書生，未見能此者，甚歎伏也。然有一事，若欲作楚詞追配古人，直須熟讀楚詞，觀古人用意曲折處講學之，然後下筆。譬如巧女，文繡妙一世，若欲作錦，必得錦機，乃能成錦爾。昏晚眼澀，奉啓草率。

16 與趙伯充

學老杜詩，所謂刻鵠不成猶類鶩也。學晚唐諸人詩，所謂作法於涼，其敝猶貪；作法於貪，敝將若何？要須讀得通貫，因人講之。百許年來詩非無好處，但不用學，亦如字，要須以鍾、王爲師耳。

17 與王瀘州

劉公敏蒙薦引，遂有成命。蓋公樂得人材，不廢蒭蕘之賤矣，欽歎欽歎！公敏士大夫家子弟，樽俎談笑亦可觀。至於幹公家，則有餘地，退而省其私，則安貧守節，篤於孝友，未易得者。久備使令，乃知鄙語不妄。李偳至江安，既寡過，又繕完城壁頗有功，其意亦願出門下也。若得在部曲，尤見其多能，能輒妙於其事也。陳傑被薦，幸甚。守法循理，又不矯激照映其同列，誠亦難得。逢興文聞於左右，非特一日之雅，渠已老於世事，其爲吏，長於督察吏史姦伏之情，若在幕府，實稱耳。

18 與王雩

辱書，勤勤懇懇。多病懶書，恐不足副所以來，故久不能作答。往得暫見眉宇，熟觀所惠書，詞意深厚。蓋足下天資高明，又居賢父兄珠玉之淵，宜其清潤光輝，不資於人而自熾矣。而求學問道之意常若不足，古之學大成者蓋如此，顧不肖無以培益左右萬一耳。即日盛暑，伏惟侍奉萬福。未緣會集，頗思從容談笑。惟强學自重。

19 又

承七月七日問，喜承秋來侍奉萬福。仕宦之奇耦倚伏之數，公家父子既盡之矣，亦無可言者，惟有顛沛不忘問學耳。所惠書，累幅勤懇，老懶不能盡答，惟君子能盡人之情，不以重𠎝疊記爲恩厚也。所寄紙，偶以書數種鄙語，且寄上，《符讀書城南》它日更作兩幅小楷字往矣。數舍無緣會面，千萬强學自愛。

20 與王子飛

久欲作書，病與懶相遭，頹然輒復過日，竟辱惠教先之，不以罪廢無堪，而奉之以禮意。自視楞然〔一〕，無所可用，名在不赦之籍，豈當得此？恭惟足下好賢樂善之無已，存心吉慶，出於家風故爾。即日霜寒，不審何如？伏想侍奉萬福。某塊然蓬蓽之下，已忘死生，於榮辱實無所擇。至於樂聞士大夫之好學，有忠信根本可以日就月將者，則惕然動其心，此則餘習未除耳。何時得款語，盡道德之教？臨書向往，千萬强學力行，爲親自重。謹勒手狀。

〔一〕 楞：原作「㖊」，據嘉靖本改。

21 又

閒居杜門，不欲煩公家借書吏，不能作牋，以報公衘之賜。惟君子盡人之情，去繁文而見其質也。承尊使君授再命，伏惟歡慶。侍旁未有王事，想昆仲相從講學，日有光輝之益。小兒輩過辱推奬，蓋椎鈍似龐厚，不解事似有福耳。亦漫令讀書，或冀少識字，可從仕耳。鄙書無法，不足傳後世，俗浪謂之能，亦自不可解。誠有意書字，當遠法王氏父子，近法顔、楊，乃能超俗出群。正使未能造微入妙，已不爲俗書，如蘇才翁兄弟、王荆公是也。雖然，要須先深其本耳。辱書，甚有意於不肖，遂發狂言，回顧惟以赧然。

22 又

舍弟還家，伏奉賜教長牋，禮數過當，非所敢承。别紙恩意勤重，顧言行朽穢，何以當推與之言耶？即日暑氣藴煩，不審何如？伏惟侍奉萬福。所苦既平，得調護之力，想氣體飲食乃壯於未病時也。然更須以弗畏入畏爲念。蓋人生血氣未定時，不知蚤服仲尼之戒，故及其壯也，血氣當剛而不剛，所以寒暑易侵耳。學道以身爲本，不可不留意斯事也。尚阻會面，臨風懷想，千萬爲親自重。謹勒手狀。

23 又

示諭作牋，以爲不可廢之禮，其義蓋不然也。古無此禮，近世李宗諤始以公狀施於私敬。如先達王元之、楊大年，其道德至今可愛敬，凛然有大臣風節者，蓋不用此禮也。竊嘗病世俗好爲苛禮細謹，故在高位而不可望以相知察者，未嘗與書，雖曩時在州縣亦然；其可望以相知察者，亦不復修世俗之禮也。竊意如子飛風度智術者，可共此不疑也。

24 又

比急足回，奉狀必已徹几下。數日秋暑尤逼人，不審何如？伏惟侍奉不愆調護。治行之策何如？漕臺有來音未？尊公去瀘，雖田野小民亦耿然，在公家以理自遣，固已無纖芥矣，唯行李須令出於萬全耳。瞿唐、灧澦，非可玩之水也。文字遂託密上座將行，不審可意否？士大夫聰明文學，世頗易得。至於秉不凋之節，奉以終始，萬人乃一耳。欒公父子好善不倦，故書此《獨行》一篇往，所謂輕塵足岳、墜露增流者。孔子曰：「重耳之伯心生於曹，小白之伯心生於莒。」安知我不得之桑落之下？小小逆境，皆進德之門户也，願加意焉。續更奉狀。

25 又

辱書勤懇，審秋來侍奉萬福，餘蓋不足言。所爲夙夜黽勉子職以悦親者，惟强學所未知，力行所未至耳，其餘隨緣厚薄可也。顔子親在堂，而一簞食，一瓢飲，不改其樂，以道義事其親故也。度吉宣事速行到瀘，亦九月初矣，治裝尚從容，水劑亦安穩矣。尚可數書，因便風作記，極草草，千萬珍重。

26 又

承尊公仕宧連蹇，歲寒之節挺然，所望乃如此。人固與憂樂俱生者也，於其中有簡擇取捨，以至於六鑿相攘，日尋干戈。古之學道，深探其本，以無諍三昧治之，所以萬事隨緣，是安樂法。讀書萬卷，談道如縣河，而不知此，所謂書肆説鈴耳。子茂遂羸頓如此，亦是胸中不浩浩耳。密師温克，蓋得其兄範公江海之一勺耳，惜公不識範公也。承爲小兒鑄私記，感愧感愧！兒輩率易慁煩，方治行事多，乃亦及此耶？草草。暑中倦筆墨，漫寫去，不審可意否？

27 與太虚〔一〕

屏棄不毛之鄉以禦魑魅〔二〕，耳目昏塞，舊學廢忘，直是黔中一老農耳，足下何所取重，而賜之書？陳義甚高，猶河漢而無極，皆非不肖之所敢承。古之人不得躬行於高明之勢，則心亨於寂寞之宅；功名之塗不能使萬夫舉首，則言行之實必能與日月争光。卧雲軒中主人，蓋以此傲睨一世耶！先達有言「老去自憐心尚在」者，若庭堅則枯木寒灰，心亦不在矣。足下富於春秋，才有餘地，使有力者能挽而致之通津，恐不當但託之空言而已。無緣承教，以開固陋，因來有所述作，幸能寄惠。灌園之餘，尚須呻吟，以慰衰疾。謹勒手狀。

〔一〕「太虚」下，嘉靖本有「公」字。《二百家名賢文粹》卷一〇一題作《與秦太虚書》。

〔二〕鄉：原作「卿」，據嘉靖本改。

28 與韓純翁宣義

奉别久，未嘗不懷仰。棄捐漂没，因循度日，故不能作書耳。忽辱手誨勤懇，感刻感刻！承作邑游刃有餘，伏惟起居萬福。子舍乃有佳士，沓拖不可耐，觀其詩句，知其言行必超逸絶塵。衰老不進，殊覺後生過人，恨未識耳。正翁房諸子有可望者乎？郡守瑩中及師川，皆天下士也，朝夕聞所未聞，何慰如之。會面未有期，千萬珍重。謹勒手狀。

29 又

辱牋記，禮意甚勤。適以私忌飯僧，又不欲久留來使，故率爾奉手記，唯君子盡人之情，能察之耳。蜀中諸舍姪多相識，亦嘗得書。葉中比來乃疏書問，亦以道遠且不便邪！如子蒼之詩〔一〕，今不易得，要是讀書數千卷，以忠義孝友爲根本，更取六經之義味灌溉之耳。

〔一〕蒼：原作「倉」，據嘉靖本改。子蒼，韓駒字。

30 與宋子茂

比因還部兵奉書，當已徹几下。盛暑少雨，比來日用佳否？子飛、子均、子予想數相見否？每相聚，輒讀數葉《前漢書》，甚佳。人胸中久不用古今澆灌之，則俗塵生其間，照鏡則覺面目可憎，對人亦語言無味也。不肖累日來，意思極不佳，初疑其欲作大病，熟思之，乃是卧簟達旦，夜中不加寢衣耳。既而徹簟敷席，小忍煩而加衣，遂無恙。恐鮮君到，説累日病，故具之。鮮君，閬中人，修謹，讀書知意味者也。以故人書到此，見其宗人。其宗潤屋也，治楊朱之術，故一毛不拔，以此困於逆旅，諭三四平日與游者，乃能上道。意望瀘人稍能薄濟之，如何？百冗，草草。

31 與曾公卷 宜州

晚來辱書勤懇，感刻感刻！比日殘暑，伏惟起居佳福，衡陽侍庭，日收寧問。示江樾書事二解，清麗雅正，嘆詠不能去口。欲便和去，以久不作詩，蓋井泥不食矣。老稺荷調護之久，諸子無雜賓客，一意從學，皆公卷之賜。今城北相去差遠，老懷頗以爲念也。二百星知已送，相處如所戒。未敢遽以書謝丞相，因家問先及懇懇，幸甚。已令分百星來宜，恐前日溟上之傳不虚耳，然列禦寇所謂營州之西猶營州也。鍾乳何時再成？前所惠草伏四神，初夏腹病，和理中丸四兩服之，頗得益。示諭南方不宜服金石藥，荷公卷情眷周盡。公卷疽根在旁，乃不可服；庭堅服之，如晴雲在川谷間，安得有霹靂火也，如何？嶺南秋暑殊未解，此書到零陵已揺落矣，千萬爲器業珍重。

宋黄文節公全集·外集卷第二十二

墓誌銘

1 宛丘懷居士墓表

聖人不作，道不明於天下。晚出之儒，玩禮義之名，而陋於知人心；失學問之意，而士必以讀書爲選。以予考於書，猶及見古君子之論人，雖瞽師卜祝，下至百工之賤，因其方術，心通性達，總其要歸，有合於道德之序者，皆以義取之而不廢也。士固有不幸而出於取人無定論之時，挾魁磊非常之器，而納於流俗之繩墨，不資經義文章，終無以自昭於世者，若宛丘懷居士爲近之。居士少喜醫方，自神農草木書，黄帝《内》《外經》，扁鵲、倉公之傳，無所不觀，遂以其方名爲醫博士。爲人治齊數有功，由此知名。居數年，厭之，以其方授子孫，并致家政，築室其旁，遠事獨居，率月再畢祀事。子孫既自力，不敢溷事，乃聚浮屠書闔門而讀之，痞不用師，涣若冰釋。雖不多爲人道之，而性行純熟，應對機警，稍稍爲人所傳。江湖淮浙之濱浮屠氏之達者，無不來款聲實，既見而歎曰：「此吾師所謂見鞭影而逝者。」王公大人多與之游。居士雍容上下，使人不可親疏，而未見其有求也。既七十歲，舉累世不葬，通别籍之喪二十餘，身辦其事，曰：「是責在我，不當以累子孫。」異時人疑居士道挾趣足自容，及其與子孫分職，皆有條序，益知其自得者，未可以衡尺論也。居士諱敏，字仲訥，享年七十有五。子和、孫遘皆守其方，試國子四門助教，世每傳，而尤妙於其術。古者貴三世醫，於懷氏益信斯言。和於喪葬皆應禮，狀居士平生來請表於墓，是爲表。

2　陳君碣

陳轂潤之，世籍龍游。少長魁壘，乘不繫舟。飯飢衣寒，不恤有無。圍棋舉酒，品藻圖書。賓至如歸，士夫師儒。晚發家笈，《玉板》《靈樞》。潛心岐雷，越人、淳于。雲飛必育，淵深必鉤。聚蓄藥草，以待疾痛。蒸暑作厲，死相枕籍。行人掩鼻，君入其舍。藥之粥之，爲歸爲救。起僵息躍，訖不受謝。夜半叩門，不擇貧富。壽五十九，没於牖下。夫人文氏，不吝不奢。祭祀賓客，内助静嘉。教誨三子，皆世其家。奉持佛律，耆耋不違。遺命慈祥，笑語蟬蜕。鄉曰以孝，里曰和義。從宅於祖，嘉木翳翳。碣其德音，以詔來世。

3 黄庭僉墓誌銘

庭僉，莆田黄氏。幼少强學，游居寢食，以書自隨。著書二百卷，刺六經失傳，正史氏不當，名論世合變。其説汪洋，使學者斟酌厭飫，自趨其歸，一時士大夫多傳其書。故庭僉未入臺省，名動京師四方。劉仲原父在揚州，得庭僉所著書，以爲似兩漢儒者。已而試開封府進士，居第一，同時學士大夫，絶不敢與比肩而進。庭僉四黜於禮部，翰林學士鄭獬、御史中丞滕甫、知貢舉王珪、進士許安世等若干人交章論薦，乃得召試舍人院，除撫州司户參軍、國子監直講。以憂去。服除，權太常寺主簿、兼禮院檢詳文字、禮祠客膳四部主簿。樞密直學士陳襄薦之於朝，曰：「君命雖蒙收用，未當其能。」除真州軍事推官，知潤州金壇縣事，崇文院校書，改館閣校勘。元豐己未五月壬申，以病卒官，享年五十有五。庭僉事親持喪，與兄堯俞居貧賤，鄉州師用其禮而歸仁焉。對諸生講勸，未嘗視日蚤暮爲倦容。爲省寺主簿，不循俗媮歲月。督程檢姦，皆以律令聽之。諸公知庭僉不類小儒面牆吏道，方嚮用之，而庭僉死矣。曾大父仁濟，大父中孚。父問通五經，里居，諸生從受業，尚書右丞皇甫泌誄之曰「義成逸士」。庭僉娶林氏。四男子，皆在童穉。四女子，嫁某官方澤、某官方安道、某官陸如岡，其季居室。林夫人以某年月某甲子遂塴於義成之域，命族子殿中侍御史降乞銘於豫章黄庭堅。庭堅詢事考言，作爲銘詩，其詩曰：

義成之丘，其柏其松。豈曰不伐，行人致恭。新穸在位，昭穆異宫。維義成力穡而無年，維金壇逢年而不豐。藐是諸孤，載爾耒耜，時播時穫，對前人功。

4 胡府君墓誌銘

府君諱某，字某。少孤，事母甚力，以故資百金。兄子負公錢逮捕，君傾産爲償，致無以自衣食，而不悔。出入鄉黨，勸善救過，赴人之急難，人皆悦之。聚經史教兒讀書，鬻所乘馬，延士人與之游。一縣笑之曰：「開田以望歲，近市以求贏，吾猶時則不獲，奚事讀書？」君不爲變。已而其子蒙學行有聞，登進士第，於是里巷以榮，而鄉先生大人以歎其智度遠也。蒙爲吉州安福尉、某之某官、信之永豐令，君教以吏道，皆可傳。元豐二年正月某甲子，考終於永豐官舍，春秋七十有一。卜以某年月某甲子，葬於清江縣修德鄉之原。夫人顔氏。三男子：長允明，蚤卒；次則蒙；次啓。三女子：仲蚤卒；其二女子嫁某官羅審禮、進士劉涣。曾祖某，祖某，父某，居清江舊矣，其上世皆力田，故不知其所從來。蒙以羅審禮之狀來乞銘，序府君世系行事如此。蒙，庭堅之友也，好學而文，仕能其官，足以觀府君之善教，敢不銘？銘曰：

有孫有子，其承畀予。如土於苗，藝麻不黍。永豐繩繩，以親譽處，維若人之緒。既兆元龜，宅是吉卜，藏以我銘，考信終古〔一〕。

〔一〕「考信終古」下原尚有「有宋君子」四字，實爲下篇之題，誤移於此。今據嘉靖本删去。

5 有宋君子李正夫墓誌銘〔一〕

嗚呼正夫！當時而不趨，後時而不覬。人皆疾驅，我車徐徐。不曲而腴，寧直而癯。以貴穉予，噓而辟除。不回之勇，辟易萬夫。自首於塗，懷璧不沽。士不信道，寵辱百戰。以道觀逢，乃其夜旦。丹陽之丘，既命蓍蔡。嗚呼正夫，安宅無悔。

〔一〕「有宋君子」四字原誤繫于上篇之末，今據嘉靖本移正。

6 賀州太守歐陽君墓誌銘

君諱問，字勉之，歐陽氏。世傳其先渤海歐陽堅石死趙王倫事，其族人避地長沙，故江湖諸歐陽皆祖堅石。君爲江陵人，自大父始。大父諱企，死醴陵令。父諱準，不仕。君以孤童力學，舉進士，數不偶，以恩賜三《禮》出身，仕果州、安州司法參軍，瀘川令。改衛尉寺丞、知南海縣事。當官行其所聞，不以少吏自屈。奏書論南平雖朝貢，法不應弛邊闕，其後卒如君言。舉監永通錢監〔一〕，歲課辦甚。遷太子中舍、知賀州。行及陽山而卒，年五十有三。夫人趙氏於是亦卒。一男五女。男曰獻，舉進士，不墜其家。女嫁河源尉梁暕、某郡李兼材、某郡秦端友。其二女早卒。君卒以熙寧十年十月某甲子。獻以元祐元年八月某甲子，乃克葬君於當陽之靈山。因予所識荆州教授李雲從來乞銘〔二〕，故予銘。銘曰：

持詩書賈不得贏，以仕易農著廉能。迄可治大中隕傾，固安其丘坎有銘，吏而勤民尚後興。

〔一〕監：原作「鑑」，據文意改。

〔二〕予：原作「子」，據文意改。

7　王長者墓誌銘

長者海昏王氏，諱潒，字永裕。祖倫、父智，世力田，喪祭常望鄉鄙。長者天資善治生，操奇贏，長雄其鄉，遂以富饒。築館聚書，居游士，化子弟，皆爲儒生。則以其業分任諸子，獨徜徉於方外，道人雲居了元、東林常總皆攝杖屨，往遊其藩。元祐丙寅正月辛卯終焉，享年六十有二。前此三年，自築丘於青山之西原，松檜成列矣。去十月，過存里中親好，相勞苦勸戒，若將遠別，爰及辛卯。中外之弔哭者曰：「君蓋聞道者邪！」先配陳氏，繼室兩謝氏。七男子：楙、崇信、森、棣、權、彬、植。崇信前死。三女子，二婿曰董轂、高友諒，其季未媒也。楙等遂以其十月某甲子，奉窀穸如初志。楙娶李氏女，於庭堅母夫人爲族兄弟，故楙因乞銘。太夫人曰：「汝以外家故，不可辭。」遂銘之。銘曰：

以義力其窮，以智謝其豐。以理考其終，以文款其封。

8 黃氏二室墓誌銘

豫章黃庭堅之初室，曰蘭溪縣君孫氏，故龍圖閣直學士高郵孫公覺莘老之女，年十八歸黃氏。能執婦道，其居室相保惠教誨，有遷善改過之美，家人短長，不入庭堅之耳。方是時，庭堅爲葉縣尉，貧甚，蘭溪安之，未嘗求索於外家。不幸年二十而卒，殯於葉縣者二十二年。繼室曰介休縣君謝氏，故朝散大夫南陽謝公景初師厚之女，年二十歸黃氏。閑於禮義，事先夫人，愛敬不倦，侍疾嘗藥不解衣。至於復常，修禪學定，而不廢女工。能爲詩，而叔妹不知也。言有宮庭，行有防表，不皦不汙，長少咸安懷之。年二十六而卒。生一女曰睦，才四歲。過時而先夫人哭之哀，殯於大名者十一年。元祐六年，先夫人捐館，乃克歸二夫人之骨於雙井。八年二月，從先夫人葬焉，同宮而異槨。初，庭堅年十七，從男，二夫人没後，庭堅始得男曰相。它日當使相乞文於予友而刻之隧，以哀其志。
美，介休之婦德，皆室家之則也。常欲以楚詞哭之，而哀不能成文。二夫人平生常恨無
曰：「吾得婿如是足矣。」庭堅因往求之，然庭堅之詩卒從謝公得句法。嗚呼，如蘭溪之女
孫公憐其少立，故以蘭溪歸之。及庭堅失蘭溪數年，謝公方爲介休擇對，見庭堅之詩，
舅氏李公擇學於淮南，始識孫公，得聞言行之要。啓迪勸獎，使知嚮道之方者，孫公爲多。

9　董夫人墓誌銘

夫人董氏，開封人，少入梁氏，事尚書水部郎中諱如圭。實生北京留守推官、河北轉運司勾當公事鐸，通直郎、都水監丞鑄，宗室右武衛大將軍、彭州刺史克觀之妻。鐸生八歲，水部君捐館舍。夫人奉嫡夫人永和縣君王氏，字其遺孤，襁負抱攜，至於男女有家室。二子成人，事永和如己自出。永和爲夫人有數。其後持永和之喪，及其襄事春秋，皆如禮意。慈祥而不欺，喜言人之善而好施。享年七十有二。及見孫男女十有五人，婚宦者半。鑄之妻，同安郡主，濮安懿王女也，執婦事在寢門。其存也榮，其歿也哀。將葬，鐸等以狀來告曰：先夫人終以元豐八年六月辛巳，卜以七月辛酉奉時窀穸。其兆在祥符縣北常之原，願得銘以垂世傳後。考於二子之交游〔一〕，以夫人誠可銘，遂爲銘曰：

梁氏之棣，其鄂韡韡。雖其才良，母氏勤止。樛木葛藟，肅雝於宫。有蕡其實，茂對本宗。淑善壽考，燕譽終始。銘石下泉，以慰孫子。

〔一〕考：原作「放」，據嘉靖本改。

10 王氏墓誌銘

王氏女柔，字伯惠，年若干。嫁爲京兆府櫟陽尉朱春卿之妻。生一女而病，卒於外家。春卿歸其柩，葬於岳州巴陵之原，祔於其姑。柔父稚川，余友也，爲余言：「柔敏慧孝慈，學文知義理，觀西方書，若有所超，殆將蟬蜕塵垢，玉雪其躬。不幸短生，哭之哀甚，敢乞銘以紓痛。」則爲作銘。銘曰：

凡命於天，甚美難守。陶人爲鈞，賦物常巧。火齊孔時，坯瓶十九。器成而舉之，隕越於後。若人之不淑，無所歸咎。

11 單卿夫人張氏墓誌銘

夫人張氏，出瀛州河間，徙京兆萬年。考諱曜，當世洶洶，與其族卧終南山不出，名聲籍籍關中，晚出仕爲太常博士。夫人家居，事繼母有聞。博士爲擇對，以嫁平原單公，歸而事嚴姑如事繼母。力貧爲家，不以累其夫，故單公得讀書登進士第。仕而顯於朝，以禮終始。長姒没，夫人襁負其兩兒母之，人不謂非己出也。夫人屢失子，免乳得男而姑病，夙夜藥縻，不慈其子，君子以爲難。攻苦忍窮垂二十年，至於泰，而能用其有收卹中外。光禄捐館舍，則以閫内付子婦，而老於堂，齋几薰鑪，宴坐終日。晚乃游道人宗本、法秀之間，知生死之説。壽八十四，力疾頮沐，待期而終，顧視家人，無戀嫪意。光禄與今上同名，當以字行，曰孟陽。夫人歷封安定、壽安二縣，仁壽郡。三男子：琭、鎔，皆通直郎；渢，宣德郎。兩女子，歸某郡王至言，曲陽尉席延卿。夫人終以元豐乙丑七月辛丑，葬以其十月某甲子。其兆在齊州長青縣天華南管，先光禄之吉卜也。琭等以陳留李之儀狀來乞銘。之儀道夫人之義甚高，且曰：「詩人所謂女士者，將在於此。」不可以不銘。銘曰：

夫人居室，繼親受福。濫觴成江，單宗燕睦。承尊孝恭，撫下仁哀。使非己子，於予母懷。林回棄璧，負子逆旅。愛日事姑〔一〕，寧絶兒乳。朝聞夕死，士不及墻。玉珥珠襦，乃或升堂。道無情狀，言得則謗。委命蟬蜕，以觀無妄。女德能一，國風所嘉。能人難能，夫人則多。光禄有宫，歸奉涫櫛。作爲訓詩，告後勿佚。

〔一〕愛：原作「受」，據嘉靖本改。

12 趙夫人墓誌銘

進士李慥、悊、恬之母夫人趙氏，其父曰紳，其夫曰通儒。李皆安陸人。夫人幼少敏慧，讀書誦詩，通其義説，年十八歸李君。夙夜舅姑之所，恭順而明微。祀事能勞，燕居不黷，婚姻恩施，孔惠孔時，族人師用之。有女俗持里人笄髢中物，珠璣價十萬，急貸於夫人，請半價，曰：「是可乾没。」夫人曰：「乘人之緩急而利之，則害仁；尊章在堂而私市，則病義。」智及此，又能守之。爲婦十有三歲，三男一女而卒。卒時長男始十二歲，其顧託之言可傳。後十有九年，自恬以上皆知學，而女子爲士人韓操妻，於是夫人可無憾。元祐改元之二月某甲子，鎧等乃克奉襄事於其縣青木之原、王舅之域。走數千里來乞銘。哀其意，予銘。銘曰：

於戲夫人，婦德孔有。胡不黄耇，中棄穉乳。考德銘詩，以勸歸女。亦勸三息，欽念母言。茂爾德聲，慰此下泉。

13 章夫人墓誌銘

夫人章氏，某縣君，處士慶之女，爲分寧著姓，能以豪右致學士大夫。年二十四，歸我伯父祖善。祖善黄氏，以文學知名，皇祐某年進士，仕奇不逢，以大理寺丞致仕，今以奉議郎家居。夫人爲婦爲妻，舅姑曰：「齊祀春秋，能不勤我。」夫曰：「凡吾得盡心宫學者〔一〕，維室家之宜。」爲母、爲姑，子順教詔，日就月將，婦承功緒，休其蠶織。其爲人勤敏樂易，幼少智慮如大人，白首而血氣不惰，啓手足之日有善言。享年六十有七，終以元豐壬戌九月某甲子，葬以乙丑某月某甲子，其山曰馬鞍。三男子：曰某、曰某、曰某。三女子，嫁黄州判官吴卞、武昌李康年、淮南節度推官林鎬。夫人於庭堅，小功母也。太夫人曰：「吾少歸汝家，姒遇我有禮，汝爲好作銘。」庭堅則再拜而銘。銘曰：

紫陽之山，磽磽其谷，水清且修。卜宅其上游，宜爾孫子祠春秋。登彼墟矣訏且樂，不洳不隙。藝爾松柏，無俾薪牧，千秋萬歲永安宅。

〔一〕宫：疑是「宦」之誤。四庫本作「於」。

14　酈氏墓誌銘

夫人酈氏，亳州衛真人。夫人幼敏惠，父仲隱奇之，欲以歸士大夫，而地寒未能自致也。故西京作坊使、贈金紫光禄大夫宋君，始喪其室李夫人，聞夫人之風，以幣迎之。入宋氏，族媪皆稱其懿行。享祠能嚴，饋問孔時，不吝於寒宗，不忌於群妾。生子遠與适，而宋君捐館舍，遠七歲矣，适才四歲。持宋君門户，喪祭如禮。粥笄髪門物，延致師友，成就其子，訖於榮養，有邑有壽昌。於其先敬，能悦安之。居己下者，能慈哀之。不愠不求，眉壽而康。終於郊州适之官舍，享年七十有三。宋君諱仲。李夫人，晉陵縣太君。遠爲壽州觀察推官而卒，适今爲承議郎、通判衛州。將以元祐五年正月某甲子葬於共城之麓臺，狀夫人節行來乞銘。銘曰：

昔在漢京，高陽酈生。輟漢王洗，以舌下城。惟死事孤，㳙侯高梁。曲周相漢，侯則以功。寄雖賣友，爲王吉凶。炎以文鳴〔一〕，鴻困燕爵〔二〕。道元述川，綜百氏學。酈宗寥寥，中缺不嗣。夫人之興，實維女士。其宗無人，或在甥出。令子若孫，尚似諸酈。

〔一〕炎：原作「夫」，據字形當是「炎」之誤。酈炎，《後漢書·文苑列傳》下有傳。

〔二〕鴻：原作「鳩」，據嘉靖本改。

15 陳夫人墓誌銘

故福州長溪主簿吴君夫人陳氏，其父左侍禁、知高州，諱祕，開封人。初，高州子男女且十人，皆蚤世。晚得夫人，幼童慧寤，成長淑慎，故高州奇此女，閲婿久之，乃以歸長溪。

長溪磊落人，三佐縣，不可意，棄官歸藝花。遇人情不可堪忍，峥嶸於胸次，而上於眉宇之間。睥睨畦圃，釋然忘懷，以是心通意得於草木之性，間雨露而封殖之，能與物爲四時，而吴氏花名江南。蓋婆娑林丘十餘年而後終。雖長溪自得之，而夫人燕安田里，實有助焉。夫人歸吴氏，不及皇姑，事長姒如姑禮，外姻來者初不知其娣姒也。自奉養菲薄，施畀族黨甚周，諸兒皆夫人勸督宦學也。尤喜誦浮屠書，平生自力以數萬過。子姪念其春秋高，勤誦索氣，共諫止之。夫人曰：「人心所安樂，國禁不能沮也；其所不願，國賞不能勸也。吾誦書猶乃翁蒔花也。」疾革，顧兩侍兒掖坐，命二子曰：「吾處常得終，汝曹可無憾。」遂瞑，實元豐四年九月十二日，享年六十一。維夫人少則能婦，長則能母，陳義甚高，疾亟而不亂，斯其可銘。長溪諱長裕，崇仁人，而葬番之東岡，夫人祔焉。五男二女，其四早卒。久中，歙令；美中，進士，薦某州。女嫁承務郎郭禮。立銘。銘曰：

在番之陽，孔樂東岡。維息克孝，以夫人藏。其松其柏，其杉其栝。築丘岑岑，尚勿翦伐。深谷既陵，土不閟瘞。刻詩不磨，永孚來世。

16 叔母章夫人墓誌銘

叔母章氏，洪州分寧縣人，處士諱積之女。夫人幼喜誦書弄筆墨，父母禁之，與諸女相從夜績，待其寢息，乃自程課，由是知書。事父母，居其喪以純孝聞，年若干歸叔父。叔父某，性豪甘酒，好賓客，客至咄嗟責辦，夫人怡然從令，未嘗不肅給也。叔父平日大率常醉，或使酒嫚侮，夫人承之，未嘗不以禮也。夫人嘗間叔父之不甚醉時諫曰：「君終日如是，使諸子皆法象，何以爲家？」叔父曰：「吾兄弟之子多賢，克家者自當不法我而法彼也。」夫人歸不及舅姑，事叔父之所生母李氏如姑禮，盡愛盡敬。李氏年八十六乃終，其遺言曰：「吾百無憾，不忍捨孝婦去耳。」分寧之俗，所生母皆服役於其子婦，聞夫人之風，乃欣慕焉。夫人年三十有四，而叔父捐館舍。二男二女皆幼，毁瘠殆不勝喪，既而皤然改曰：「我死則負託孤之心。」乃致力窀穸之事，爲二子築屋治生，識者以爲有男子之智、烈婦之節。慈哀使令，知其勞逸，家人熙熙。教子不威，而使其子退而思其言。戊寅之歲四月辛卯，召其子回，曰：「吾往時嘗因吾弟楚材，聞龍山祖心禪師死生之説。吾今日百骸欲潰，而不得脱，其病安在？汝取《圓覺經》來誦之。」回誦至「地水火風，四大各離，今者妄身，當在何處」，夫人曰「止」，召婦女告以後事，即命掩室而化，享年六十有二。長子某蚤死，次則回。女嫁進士南宫元龜、王大成。回好學，知探其本原，事親居喪，盡敬盡哀。將以某年月日葬夫人於修水之上游，地曰迷仙，而數千里來請銘於戎州。某泣曰：「安康郡君無恙時，嘗言章夫人於我有恩有禮，汝等不可忘。」其敢不銘？銘曰：

夫人來宅，令儀令色。不忌不克，奉姑如嫡。於夫於息，致曲而直。賢而多能，自晦而明。身嫠子嬰，守節如城。静爲五兵，終莫之陵。孝子兢兢，既卜佳城。伐山勒銘，遠其德聲。其松其樫，斯其棘荆。修竹繚塋，以配其清。

17 永安縣君金氏墓誌銘

夫人永安縣君金氏，家番陽，故廣東轉運使、尚書度支郎中諱君卿之第二女，供備庫副使、夔州兵馬都監梁君在和之妻。夫人事繼母以孝聞，事其姑如事其母。居家富貴，歸梁君而安其貧。篤信釋氏，誦其書，奉其戒律，年四十則掃除一室，謝梁君而齋居，杜多比丘尼以爲難能也。平居笑語雍容，雖其所不懌，未嘗見聲氣。對梁君如賓客，處姬妾如娣姒，撫諸子如己出。喜讀書，善筆札，諸子皆授經於夫人，未嘗從師。其子千之有學行，士大夫稱焉。歲在乙亥、月仲冬、日某甲子，没於夔州官室。兒女姬妾，刲肉爲祭，煉臂然頂，刺血書佛經者數人，其慈愛出於忠信可知也。六男子：長定之，三班借職；次千之、升之、亞之、精之、百之。四女皆在室。千之以汝南程旨味道狀夫人内行來乞銘。味道立義不侵，少許可，非其實不傳，故敘而銘之。銘曰：

猗歟夫人，在家怡怡，來歸祁祁。女宗婦師，内外具宜。賓禮夫子，慈愛妾媵。

退考於室，淵默清静。鳲鳩在桑，在梅在榛。怒之喜之，乳哺補紉。宴居不惰，文史翰墨。諸子執經，其音秩秩。衰門之女，夫人有之。興門之男，千之似之。永安錫封，以夫介寵。千之方興，尚賁其壠。

18 辛夫人墓誌銘

夫人姓辛氏，諱媛，并州軍事推官諱顯仁之女，尚書駕部員外郎諱有則之孫，贈户部尚書諱若沖之曾孫。其先隴西狄道人，後世稍徙於潁川。河汾無顯者，維狄道之辛與潁川之辛，班班見於史官，潁川之辛又多聞人，夫人蓋從潁川之居陽翟者也。有諱仲甫者，以參知政事事熙陵有聲〔一〕，以太子少保致仕，贈太師、尚書令兼中書令，封晉國公，是爲夫人之高祖也。夫人年若干，歸爲蘇熹道宗之妻，若干歲以卒。無男子，生二女：孟蚤卒，其仲尚幼。卒時道宗爲汝州襄城縣主簿，某年某月某甲子也。以某年某月某甲子葬於潤州丹陽主簿之原，祔曾王姑之兆。將葬，道宗告其常所與游豫章黄庭堅曰：「吾妻不幸蚤世，然其行云云，有足銘者，子爲我銘其墓。」遂用其言爲銘。銘曰：

嗚呼夫人，淑慎柔嘉。宜婦宜妻，歸寧外家。始從夫人，仕在襄野。視去舅姑，如去父母。寡笑寡言，静好讀書。思齊古人，勇於事夫。屏夫浮夸，中饋是敕。脱笄解髢，以羞賓客。婉婉襁褓，呱呱女嬰。中塗失母，啼不成聲。不足者年，尚多者德。我爲銘詩，以慰幽穸。

〔一〕熙陵：原作「熙寧」，據嘉靖本改。

19　狄元規夫人墓誌銘

壯士在險，或以辱身。夫人秉義，不緇不磷。人哀其嫠，予哀二女之孰母。人恤其緯，予惟斯文其不窶。養孤能勤，抱書泣旻。牲不揜豆，以祠秋春。女歸有孫，負攜乃來寧。襄陽文章，如漢西京。夫子之耜，子終其畝。立狄氏牖户，莫予敢侮。刻銘其丘，作憲諸女。

20　任夫人墓誌銘

吾友廖明略，自安陸寓書京師，乞余銘其妻任夫人之墓。其狀曰：任氏歸正一七年，三生子，男曰青箱、青規，女曰念二。不幸年二十五而卒。性敏慧，頗通書，柔婉孝仁，在貧而樂，先夫人愛之如己子。不幸先夫人即世，任不勝哀，閱九旬亦死。將以元祐元年十二月癸丑從葬舅姑之墓次，願得銘以塞悲。庭堅曰：「如是，可不銘？」梓州郪縣有任軫者，及其弟更，有聲治平進士間，遂同年登第。軫父伯傳任尚書都官郎中，有人物冰鑑，見明略爲童子時，曰：「此人後必以文章顯。」故以軫之女嫁明略云。其銘曰：

委佩兮結縭，來有家兮咸宜。承尊章兮相夫子，豐約有時兮百歲同死。忽兮與朝露同晞，棄所愛兮無不之。刻詩玄宫兮匪其對食之私，逮其成人兮告箱與規。

21 湖州烏程縣主簿胥君夫人謝氏墓誌銘

夫人陳郡陽夏謝氏，其世序甚遠，代常有人。太子賓客、贈禮部尚書諱濤者，曾大父也。兵部員外郎、知制誥、贈司空諱絳者，大父也。嘗任司封郎中、提點成都府路刑獄公事，或以疑似中之，坐失官，家居者數年，已而有大臣冤其獄，天子直之，今爲屯田郎中、通判襄州，名景初者，父也。夫人方室處，靖深婉孍，言動皆顧繩墨，父母曰：「吾女材，必擇所宜歸。」則以嫁胥君茂諶。茂諶敦厚敏達，學問自將，調湖州烏程縣主簿以卒。夫人之歸胥氏，年二十，祖姑翰林瑯琊公之配建康太夫人在堂，於夫人爲外祖母，然夫人終不以外氏故不盡節於夫家，禮意篤密，而恩施周，内外族婣，莫不謂宜。其歸未幾，舅都官君捐館舍，烏程又早世。生二子，輒失之，建康君亦終於堂。夫人獨奉其姑成安韓夫人，以立胥氏門户，憂患窮困，人視之若將不終日。夫人縱觀方外之書，求死生之説，時時呻吟，應答不類閨門中語。或傳於親黨間，理致甚高，益知夫人之根惠而韻勝也。熙寧乙卯四月，輿疾歸父母家，而卒以九月癸酉，享年三十有一，客其柩於穰。成安君及烏程之弟茂世，卜以元豐庚申五月甲子，奉建康之窀穸，於是歸夫人之柩於陽翟，祔烏程之封，使以其狀來乞銘。庭堅於夫人妹婿也，實敘而銘之。銘曰：

敏膚順慈，父母受祉。齋栗雍穆，舅姑咸喜。譽達州黨，燕及君子。宜處宜歸，在蔞不疚。不畀之壽，則莫承其後，無所歸咎。膴膴韓城，葬從其夫。作銘下宫，示後不誣。

22 王氏墓誌銘

夫人豫章王氏，宣德郎、知宣州南陵縣事楊淑之母也。南陵爲吏有能聲，涖事敬畏，處僚友不争，以爲夫人之教也。元祐七年，夫人壽七十有九，以四月壬辰考終於南陵之官舍。於是南陵以其十二月庚午，葬夫人於清江之原楊氏之兆，從君與夫人如生禮。使來告曰：「淑斬然在衰削之中，不得躬受命，幸嘗爲僚，辱知且愛，敢乞銘以圖不朽。」則敘而銘之。夫人少入楊氏事君，主君曰太中大夫諱申，主母曰南康郡君時氏。大夫公初以著作佐郎監閬州税，法不聽以其孥之官，故南康命夫人侍焉。享嘗吉蠲，賓豆肅給，大夫公安焉。生一男一女，男則淑也，女嫁進士陳發。夫人蓋晚而主南陵家事，服用平素，不有私橐，而責淑以清慎。奉佛潔齊，不聽間言，而迪婦以孝和，含飴而弄曾孫，忘其耋老。於戲，是可銘也。銘曰：

江漢廣矣，有渚有沱。别而不殊，乃同一波。從君於蜀，攝將梱事。歸而就列，不沮不忌。甚順而穀，乃膺多福。黄髮曲局，燕其子之禄。其子其婦，其孫其曾，敬承寵封，無有悔懲。

宋黄文節公全集·外集卷第二十三

題跋

1 題彭景山傳神

内殿崇班致仕彭崇仁，字景山。胸中有韜略，吏事精密，所至士大夫翕然稱之。年四十四，不幸而喪明。家居十五餘年，目不可治。如老驥伏櫪，志未嘗不在千里，聞北風則耳聳然矣。以道觀之，物無幸不幸；以得喪觀之，豈異世有所負邪？然人之有德慧術智者，嘗存乎疢疾，惟深也能披剥萬象而見己，安知景山不得之沉冥中邪！

2 書王右軍蘭亭草後

王右軍《蘭亭》草，號爲最得意書。宋、齊間以藏祕府，士大夫間不聞稱道者，豈未經大盜兵火時蓋有墨跡在《蘭亭》右者？及梁、陳之間焚蕩〔一〕，千不存一。永師晚出此書，諸儒皆推爲真行之祖，所以唐太宗必欲得之。其後公私相盜，至於發冢，今遂亡之。書家得定武本，蓋髣髴古人筆意耳。褚庭誨所臨極肥，而洛陽張景元劚地得缺石極瘦，定武本則肥不賸肉，瘦不露骨，猶可想其風流。三石刻皆有佳處，不必寶己有而非彼也。

〔一〕陳：原作「州」，據嘉靖本改。

3 書十棕心扇因自評之

昔予大父大夫公，及外祖特進公〔一〕，皆學暢整《遺教經》及蘇靈芝《北嶽碑》，字法清勁，筆意皆到，但不入俗人眼爾。數十年來，士大夫作字尚華藻而筆不實，以風檣陳馬爲痛快，以插花舞女爲姿媚，殊不知古人用筆也。客有惠棕心扇者，念其太樸，與之藻飾，書老杜巴中十詩。頗覺驅筆成字，都不爲筆所使，亦是心不知手，手不知筆，恨不及二父時耳。下筆痛快沈著，最是古人妙處，試以語今世能書人，便十年分疏不下，頓覺驅筆成字，都不由筆。

〔一〕原注：「李東，字大春。」

4 題王觀復書後

此書雖未極工，要是無秋毫俗氣。蓋其人胸中磈磊，不隨俗低昂，故能若是。今世人字字得古法而俗氣可掬者，又何足貴哉！

5 評書

今時學《蘭亭》者，不師其筆意，便作行勢〔一〕。正如美西子捧心〔二〕，而不自寤其醜也。余嘗觀漢時石刻篆隸，頗得楷法，後生若以余説學《蘭亭》，當得之。元祐六年十月丙子，阻風於蕪湖縣，後經行於吉祥寺〔三〕，魯直題。

〔一〕行：《蘭亭考》卷九作「形」。

〔二〕美：《蘭亭考》作「羨」。

〔三〕後經行：《蘭亭考》作「徑行」。

6 書王觀復樂府

觀復樂府長短句，清麗不凡，今時士大夫及之者鮮矣。然須熟讀元獻、景文筆墨，使語意渾厚乃盡之。

7 書韓退之符讀書城南詩後

紹聖五年五月戊午上荔支灘，極熱，入舟中，敧兀無以爲娱，聊以筆硯忘暑。因書此詩，贈陳德之。此字極似蔡君謨簡札，所恨未能與顔、楊比肩耳。

8 題子瞻與王宣義書後

東坡道人書尺字字可珍，委頓人家蛛絲煤尾敗篋中，數十年後，當有并金縣購者。元符二年壬申涪翁題。

9 又

慶源初名群，字子衆，後改名淮奇，又易今字。其馭吏威愛如家人法，洪雅之人皆號稱「王五三伯」云。

10 書花卿歌後

杜子美作《花卿歌》，雄壯激昂，讀之想見其人也。楊明叔爲余言：花卿家在丹稜之東館鎮，至今有英氣，血食其鄉云。

11 書陶淵明詩後寄王吉老

血氣方剛時讀此詩，如嚼枯木。及綿歷世事，知決定無所用智。每觀此篇，如渴飲水，如欲寐得啜茗，如飢啖湯餅。今人亦有能同味者乎？但恐嚼不破耳。

12 題録清和尚書後與王周彦

太平具正法眼，儒術兼茂。年將五十乃得友，與之居二年，渾金璞玉人也。久之，待以師友之禮。士大夫知爲己之學者，觀此書思過半矣。周彦方欲自振於古人之列，故手鈔遺之。它日蔚然在顔、冉之林，當推斯文有一溉之益。

13 書老子注解及莊子内篇論後〔一〕

老莊書，前儒者未能涣然頓解者，僧中時有人得其要旨。儒者謂其術異，不求之耳。僧肇云：「内有獨鑑之明，外有萬法之實。」萬法雖實，然非照，不得内外相與，以成其照功，此聖人所不能同用也。内雖照而無知，外雖實而無相，内外寂然，相與俱無，然則聖人所不能異慕也。經云「諸法不異」者，豈曰續鳧截鶴，夷岳盈壑，然後無異哉！誠以不異於異，故雖異而不異耳。故經云：「甚奇世尊於無異法中説諸法異。」儒者罕觀此書，故聊出，古人謂一臠可知鼎味者也。

〔一〕「論」下原有「説」字，據嘉靖本删。

14 示王孝子孫寒山詩後

東川孝子，耳目聰明，能化五金八石於針砭，用草木以治人疾，時有出人意表處。自以不得稽古之方，諸兒又皆占工技以爲食，有小孫，性若可教，欲使爲諸生，求予言丁寧之。有性智者，觀寒山之詩，亦不暇寢飯矣。年月日，戎州城南僦舍中，試嘉陽嚴永獺毛筆。

15 書草老杜詩後與黄斌老

予學草書三十餘年，初以周越爲師，故二十年抖擻，俗氣不脱。晚得蘇才翁、子美書觀之，乃得古人筆意。其後又得張長史、僧懷素、高閑墨跡，乃窺筆法之妙。今來年老懶，作此書，如老病人扶杖，隨意傾倒，不復能工。顧異於今人書者，不紐提容止强作態度耳。

16 書子瞻寫詩卷後

子瞻作「何」字及「州」字，豈所謂「柳家新樣元和腳」者乎！然亦是西子捧心，鄰女不可學也。

17 書簡公畫像贊後

簡公僧臘六十五，以佛法度爲一姓者，若子、若孫、若曾孫，亡慮二十人。萬里走惠州，求東坡銘簡之塔；歸而走戎州，求山谷贊簡之畫像者，法舟也。其走惠州也，冒蛟鼉虎豹蟲蛇之險而不悔；其走戎州也，於余無一日之雅，又不求左右爲先容。舟之於簡，可謂能曾孫矣。簡雖賢，由曾孫而赫赫，簡與舟俱不朽矣。元符二年壬戌，僰道城南僦舍中書。

18 李致堯乞書書卷後

凡書要拙多於巧，近世少年作字，如新婦子妝梳，百種點綴，終無烈婦態也。

19 又

如此草字，他日天上玉樓中乃可再得耳〔一〕。

〔二〕天上：原作「上天」，據《豫章先生遺文》卷一一乙。

20 又

書意與筆皆非人間軌轍，所謂「無智人前莫説，打你頭破百裂」者也。

21 又

書尾小字，唯余與永州醉僧能之。若亞棲輩見，當羞死。元符三年二月己酉夜，沐浴罷，連引數杯，爲成都李致堯作行草。耳熱眼花，忽然龍蛇入筆，學書數十年，今夕所謂鼇山悟道書也。

22 題劉君墓誌銘後

未盡事親之心，曲成季弟之業，有見義之勇，退避長者之名。若劉君者，可以爲縣鄉三老，没而可配食鄉社者也。子夏曰「雖曰未學，吾必謂之學矣」者，非斯人歟！今學士大夫，以學問文章稱於一國一州，退而察其私，或鄉黨自愛者，有所不爲也。彼聞劉君之風，得無少愧乎！眉人楊皓明叔，與余論及劉君之行，不容口。明叔不妄人也，故余道劉君之事不疑。劉君名克恭，字義賢，亦眉人。

23 書張仲謀詩集後

仲謀與余同在葉縣，皆年少。然仲謀當官清慎，已有老成之風，相樂如弟兄也。此時仲謀刻意學作詩。去葉縣後，三十年間，隨禄東西，或不相見數歲，然每相見，仲謀詩句必進。今竄逐蠻夷中，而仲謀來守施州，所謂鼪鼯同游蓬藋柱宇，而兄弟親戚謦欬其側者也。又寄平生詩，使余評之。余觀仲謀之詩，用意刻苦，故語清壯，持身豈弟，故聲和平。作語多而知不琱爲工，事久而知世間無巧。以此自成一家，可傳也。

24 書張芝叟書後

張芝叟學古法帖，用筆如快劍斫陣，乏和氣，或身往而腰體不隨。蓋用功少，不盡古人筆意耳。芝叟若見此説，當且駡且笑，亦不能逃確論也。

25 題石供奉金神像

道家所言太白真官，儒者謂之蓐收。昔虢公夢在廟，有神〔一〕，人面、白毛、虎爪，執鉞立於西阿〔二〕，召太史嚚占之，曰：「如君之言，則蓐收也，天之刑神也。」昔吴生畫鬼神，皆髣髴傳記，兼能萬物之性，是以落筆而妙天下。自孫知微父子、丘文播甥舅、石恪、鄧隱皆祖宗之，是以能超俗而名家。今乃作金神之象如此，余之不知其説也。雖然，蓋無形應物成象。所謂無形者，非無形也，無常形也。然則應物而神，唯識而已。自求多福，自種自收，我心則神也。涪翁題〔三〕。

〔一〕有：原無，據《國語・晉語》二補。

〔二〕阿：原作「河」，據四庫本及《國語》改。

〔三〕涪翁題：原無，據嘉靖本補。

26　題王右軍書蹟後

右軍《月半帖》，褚愛州所論序也。《橘帖》，余曩在都，見數家有此墨本，或肥或瘦，真僞不可知，要皆有數筆佳，可愛。韋蘇州詩云：「憐君卧病思新橘，試摘才酸亦未黄。書後欲題三百顆，洞庭須待滿林霜。」蓋取諸此〔一〕。

〔一〕「韋蘇州」以下原無，據嘉靖本補。

27 又

巴峽士大夫舊無書種，多不善書。南賓太守王聖涂有此墨蹟，摹刻州學中。它日後進有能書者，當推此書爲種。

28 跋杜牧之冬盈日寄阿宜詩

眉人史彦柏飽經史而能文，然有秦漢間俠氣，平居矯矯，常欲立於萬夫之表。求余書杜牧之詩，以教其子。牧之語雖徑庭，要爲有益於小學諸生。至其論崔、李積錢百屋，無補於子孫，此救世之藥石也。故欣然爲之書。元符三年九月丁卯，涪翁書。

29 跋韓退之聯句

退之會合聯句，孟郊、張籍、張徹與焉。四君子皆佳士，意氣相入，雜之成文。世之文章之士少聯句，嘗病筆力不能相追，或成四公子碁耳。

30 題任昉論王儉後

任昉稱王儉：「在物斯厚，屈身以約，玩好絶於耳目，布素表於造次，室無姬姜〔一〕，門多長者。立言必雅，未嘗顯其所長，持論從容，未嘗言其所短。弘長風流，許與氣類。雖單門後進，必加善誘，勖以丹霄之價，弘以青冥之期。詮品人倫，各盡其用，居厚者不矜其多，處薄者不怨其少。」余嘗玩斯文，不能釋手。作人如此，安往而不得其所哉！故書以遺靜翁，或有補於智者千慮之失。

〔一〕姬姜：原作「嫗妾」，據《文選》卷四六任昉《王文憲集序》改。

31 跋司馬温公與潞公書

司馬温公，天下士也，所謂左準繩，右規矩，聲爲律，身爲度者也。觀此書，猶可想見其風采。余嘗觀温公《資治通鑑》草，雖數百卷，顛倒塗抹，訖無一字作草，其行己之度蓋如此。

32 跋富鄭公與潞公書

富鄭公可謂盛德之士矣，所謂可以託六尺之孤，可以寄百里之命，臨大節而不可奪者也。觀此書，猶有凛然可敬之風采。其言論風旨，百世之大臣也。

33 跋韓魏公與潞公書

韓魏公忠純樸厚，任當直前，以身當宗社存亡，有萬死不顧一生之心。古之所謂社稷之臣，魏公近之也。

34 跋韓康公與潞公書

韓康公忠信篤厚，垂紳正笏，凛然有不可犯之色。觀其書有鋒芒，亦似其爲人。

35 書蘇相國書後

蘇相國多見博聞，能道古人朝廷典故，劇談衆史，使坐客忘歸。及其爲相國時，記問猶不衰也。

36 觀曾公卷墨篋

公卷收廷邽、承晏、文用墨七種，輕乾黝黑，入研無聲。此固李氏家風，銑澤如新，未之見也者。與都人鬭百草，當嬴百萬。

37　題公卷小屏

蕙之九萼，不如蘭之一花。花光作蕙而不作蘭，當以其寂漠故耳。

38　題公卷花光横卷

高明深遠，然後見山見水，此蓋關潼、荆浩能事。花光懶筆，磨錢作鏡所見耳。

39　書韋深道諸帖

范文正公書殊有古氣，往時蘇才翁於書少所許可，獨論文正公書得《樂毅論》筆意。以予考之，誠然，但骨氣勁而少肉耳。

40　又

觀晏元獻所作制草，知先朝愛惜財用如此，所以垂衣拱手，無所作爲，天下晏然者乎！

41 又〔一〕

往未識晁无咎時，見所作《安南罪言》文辯縱横〔二〕，《跋遮曲》典雅奇麗，常恨同時而不相識。其後得相從甚密。今不見遂十五年，計其文章學問皆當大進，恨隨食南北，不相見耳。聞吾友廖明略頗譏評无咎作字不古不今，所謂「女好無定姿，悦目即爲姝」，是非特未定也。

〔一〕《豫章先生遺文》卷一〇題作《題晁无咎書後》。

〔二〕文：原作「天」，據《豫章先生遺文》改。

42 又

吾宗正叔天資善書，少時書帖奇麗，行草下筆，縱横皆得意。最初予評其書，以謂絶倫。而東萊王聖美獨不喜予此論，以謂正叔書不從鍾元常、王逸少父子法度中來，恐其畫惰莫歸，筆力且衰竭。予殊不謂然。今觀此數帖，遂中聖美之評，何哉？雖然，中無一點俗氣，亦足以豪。李西臺書雖少病韻，然似高益、高文進畫神佛，翰林工至今以爲師也。

43 又

此予元祐末書，差可觀者。子由書瘦勁可喜，反覆觀之，當是捉筆甚急而腕著紙，故少雍容耳。伯時作馬，落筆如孫太古湖灘水，而作字乃爾，蓋至妙之關鈕不透入字中邪！

44 又

當年自許此書可與楊少師比肩，今日觀之，祇汗顔耳。蓋往時全不知用筆，遇佳筆，時或能工耳。楊少師書，有顔平原長雄二十四郡爲國家守河北之氣，作歐、虞、褚、薛正書或不能，至於行草，四子皆當北面矣。

45 又

斛律明月，胡兒也，不以文章顯。老胡以重兵困敕勒川，召明月作歌以排悶，倉卒之間，語奇壯如此，蓋率意道事實耳。崇寧元年閏六月，湖陰堂觀舊書卷，殊不成字，因别書此《敕勒歌》。

46 又

此一軸字都無筆意，可覆醬瓿耳。至元祐末所作書帖差可觀，然用筆亦不知起倒，亦自蜀中歸後書，少近古人耳。

47 書東坡寫温飛卿湖陰曲後

温飛卿所作《湖陰曲》，反覆觀之，久乃可解，大意以謂宗廟社稷之靈，特未許庸夫干紀耳，飛卿蓋言時事邪！

宋黄文節公全集·外集卷第二十四

雜著上

1 祈雨青詞

臣聞鶴鳴九皋，上雲霄之丕聞；蟻居大澤，知陰雨之方來。蓋動蠕之慘舒，皆範圍於覆載。民之疴瘠，帝實哀矜。伏以八卦位而四時成，六氣和而萬物得。因其材而篤焉，則易爲力；非其時而望之，則無見功。敢殫祇祓之心，儻動昭回之鑑。維是民社，介乎江山。以陂澤爲家，以稻秔爲命。仰口而哺者蓋且十萬，塗足而耘者逮其惸嫠。夏方用事而養禾，土則溽暑而不雨。失此幾會，且爲饉凶。走百神以告哀，蒙小惠而未濟。是用洗心虚寂，戒日吉蠲，款帝閽之崇高，請民命於溝壑。惟天地實民父母，忍赤子之渴飢？雖山川能出風雲，必有司其號令。恭惟成就萬德，照知四方。顧哀下土之黔，坱軋鴻鈞之造。錫予膏澤，躋登豐年。重念賤微一介之臣，典司百里之命。傾投五體，瞻望紫宸，無任祈天俟聖激切依歸之至。

2　張翔父哀詞　有序

張庖民翔父，往在皖溪口，開泉長安嶺下。元豐庚申十月，余舟次泉下，斛泉瀹茗。嘉若人之同臭味，蓋已夙期與之友。於是禁礴泉上，斲土出石，奰屭如龜伏而吐泉，乃名曰靈龜泉。勒銘泉石，屬裴士章憲之蒔梅百本，斬惡木而後行。壬戌六月，翔父之息耕，護翔父之喪過泉下。翔父才德初不在人後，俯仰庸人，不甚出奇見異，其於林泉，心安性服之也。作詩清壯，能爲不經人道語。迍回歲晚，拚棺曹溪，爲作哀詞遺耕，且諉翔父之甥胡僧孺唐臣鑱之靈龜泉上，以圖不朽。其詞曰：

我觀翔父兮白璧黄金，藝蘭九畹兮寂寞中林。號鍾清角兮蛛以爲室，子野骨朽兮誰明此心。驥思天衢兮款段參駕，西子掃除兮嫫母薦衾。萬世一軌兮螻蟻同域，志則日月兮與天照臨。走官窮海兮齎恨下泉，歸舟載旐兮行路沾襟。靈龜伏坎兮古木風雨，款崖銘詩兮金玉同音。九原松聲兮吾得詩友，遺稿怨絶兮絡緯霜砧。寫哀寒水兮琢詞堅石，君有嘉息兮，安知來者之不如今。

3 士大夫食時五觀

古者君子有飲食之教，在鄉黨曲禮，而士大夫臨尊俎則忘之矣。故約釋氏法，作士君子食時五觀云。

一、計功多少，量彼來處。

此食墾殖收穫，舂磑淘汰，炊煮乃成，用功甚多。何況屠割生靈，爲己滋味？一人之食，十人作勞。家居則食父祖心力所營，雖是己財，亦承餘慶。仕宦則食民之膏血，大不可言。

二、忖己德行，全缺應供。

始於事親，中於事君，終於立身。全此三者，則應受此供。缺則當知愧恥，不敢盡味。

三、防心離過，貪等爲宗。

治心養性，先防三過：美食則貪，惡食則嗔，終日食而不知食之所從來則癡。君子食無求飽，離此過也。

四、正事良藥，爲療形苦。

五穀五蔬以養人，魚肉以養老。形苦者飢渴爲主病，四百四病爲客病，故須食爲醫藥，以自扶持。是故知足者舉箸常如服藥。

五、爲成道業，故受此食。

山谷老人曰：禮所教飲食之序，教之末也。食而作觀，教之本也。大概今之士大夫，「君子無終食之間違仁」，先結款狀，然後受食。「彼君子兮，不素餐兮」，此之謂也。誦先王之法言則一人也，起居飲食則一人也，故設教不得不如是。君子有九思，終身之思也。食時作五觀，終食之思也。日一日如是行之，念念在仁智，則夫二人者合而爲一矣。

4　靖武門上梁文

全魏大名，冀州右部。三聖豫游之近地，九河緜絡之奥區。旁控齊秦，仰占畢昴。允文仁祖，詔卜離都。神明之所護持，耆老於兹望幸。今皇帝繼序來孝，緝熙戎功，禓威八紘，垂統萬世。開經禮而潤色鴻業，一道德以照臨百官。乃眷北門，實陪天邑。卧貔虎三軍之旅，屹雲煙萬雉之城。畀宗廟之守臣，鎮中原之重勢。恭惟留守安撫太師侍中，承天之柱石，謀國之蓍龜。能斷大疑，克勤小物。不動聲氣而清列郡，不越樽俎而折遐衝。泰階六符，光鄰樞極；河潤九里，福浸京師。朔戎空老上之庭，左衽賀稾街之邸。當其無事而蚤從事，修於未然而禁將然。民力有餘，因可以教戰；王者無外，何取於閉關。乃啓扉以延不周之風，時觀兵以勤靖武之略。伻圖入奏，俞詔誕敷。日吉辰良，龜從筮叶。工獻大樸，屋呈瓌材。抗虹梁以上躋，聳陰闕以壯觀。落以盛食，勸之鳴鼙。請奏詩謠，用休工作。

抛梁東，師垣講武静邊烽。貊弓楛矢年年貢，海岱淮徐歲歲豐。

抛梁西，威行河外息征鼙。降書已望龍堆入，積甲還將熊耳齊。

抛梁南，威弧南指射狼貪。交州螻蟻方歸命，下瀨熊羆即解嚴。

抛梁北，不戰威邊收上策。保塞單于獻馬羊，愛民天子捐金帛。

抛梁上，河繞陵雲宫闕壯。南面憂民不豫遊，北門典籥留臺相。

抛梁下，元老歸功安廟社。千里金隄水正東，四時玉燭年多稼。

上梁以後，伏願朝廷日新憲度，歲計明昌。相臣將臣，兩有文武；綏服要服，八荒梯航。增泰山之封而百神受職，奉明堂之祀而萬壽無疆。留守已勤於屏翰，國家終倚於贊襄。是以有上公之衮，歸來近天子之光。玉節乘軺，方趨周道；芝泥封詔，必下巖廊。

5 李攄字説

予既字舅弟李攄曰安詩，而安詩請其説，嘗試妄言之。吾讀《詩》至《緑衣》，然後知先王之風澤深厚，士之出於其時者爲可願。夫以婦人女子，而其所知如此，蓋其器閎深，其聲春容，其藏充實，其施溥博。嗚和鑾，委玉佩，執綏正立，辭色坦夷，固與追奔車，比服馬，追前人唯恐不及，氣息茀然者不可同年而語矣。安詩乎！子誠可與言。《緑衣》之一章曰：「緑兮衣兮，緑衣黄裏。心之憂矣，曷維其已。」其義以爲閒色爲表，而正色爲裏，是嫡無分於妾也。憂國者所宜動心，孰能已之，尚幾可救也。二章曰：「緑兮衣兮，緑衣黄裳。心之憂矣，曷維其亡。」名分，治之統，所以保宗廟者也。緑顧居上，黄顧居下，名悖矣，亡之祥也，誰當爲宗廟社稷憂之？三章曰：「緑兮絲兮，女所治兮。我思古人，俾無訧兮。」均之絲也，一以爲緑，則不可尚黄；均之女也，一以爲妾，則不得貳嫡。色比黄緑者女，序比嫡妾者君。古之人歟，何獨善名分而無過也？窮於外則反於家，用於今則樂道古，亦理之固然也。四章曰：「絺兮綌兮，淒其以風。我思古人，實獲我心。」先王正始以經夫婦，謹名分，序人倫，厚民德。今也殆所謹薄，所厚非，所以維持風俗、養廉恥、救衰世之道，能明吾意者誰乎？當求之古人中耳。此其大略也。此婦人傷己之詩也。由後世言之，必且仰天而號曰：何爲使我至於斯極也！殆其甚者，今其言若此，亦可以觀矣。蓋無意於攄其藴，不得而後言，仁厚積中，而言者其行之指也。《詩》三百，率以是觀之。荀卿言善學必曰「通倫類」，誠用此説以學《詩》〔一〕，一以貫之可也。古之學《詩》者，始於《詩》

而終樂[一]，禮者，學之中流也。誠博學夫《詩》，則富有萬物之府。吾酌而取之，行有暇則約之以禮，求寡過而已。至於樂也，無務其速成，而待其自然，深於仁則安仁，深於《詩》則安《詩》矣。安之者，是樂之也。

〔一〕用此：原作「比」，據《蘇門六君子文粹》卷三八改。

6 字韓氏三子

韓辨翁三子：長子生關中，名曰嶢夫；仲子生京師，名曰浚夫；季子生河北，名曰易夫。長以關名，其二子以水名也。予字嶢夫曰次山，浚夫曰次川，易夫曰稚川。

7 蒲大防字元禮

安德蒲君大防，學問之士也，涪翁字之曰元禮。夫禮之使人左規右矩，前瞻後顧，見德思義，見名思實，大爲之防，如水之有所游泳，而不決溢以爲敗者也。元禮自言，嘗傳神人之方，觀人之有宿命如鏡中物，審如是，則今之季咸者耶！元符三年正月丙申，涪翁書。

8 張慤字士節

荀卿曰：「馬必伏而後求良，士必慤而後求智。」夫執德不弘，信道不篤，惟其不慤也。

夫慤者，守之則虚一而静，接物則言忠信而行篤敬矣。如是，故可以託六尺之孤，可以寄百里之命矣。無是節，亦不足以爲士矣。静而慤有餘，動而節不立，吾不信也。

9 坐右銘

臧否人物，不如默之知人也深。出門求益，不如窗下之學林。

10 東坡畫竹贊

孤生危苦，播蕩風雨。歲不我與，誓將尋斧。剞心達節，萬籟中發。黄鍾同律，偉哉造物。

11 論書

士大夫學荆公書，但爲横風疾雨之勢；至於不著繩尺，而有魏晉間風氣，不復髣髴。學子瞻書，但卧筆取妍；至於老大精神，可與顔、楊方駕，則未之見也。余書姿媚而乏老氣，自不足學，學者輒萎弱不能立筆。雖然，筆墨各繫其人工拙，要須其韻勝耳。病在此處，筆墨雖工，終不近也。又學書端正則窘於法度，側筆取妍，往往工左尚病右。正書如右軍《霜寒表》、大令《乞解臺職狀》、張長史《郎官廳壁記》，皆不爲法度病其風神。至於行書，則王氏父子隨肥瘠皆有佳處，不復可置議論。近世惟顔魯公、楊少師特爲絶倫，甚妙於用筆，不好處亦嫵媚，大抵更無一點一畫俗氣。比來士大夫惟荆公有古人氣質，而不端正，然筆間甚遒。温公正書不甚善，而隸法極端勁，似其爲人。

12 又

林和靜詩句自然沈深，其字畫尤工，遺墨尚當寶藏，何況筆法如此。筆意殊類李西臺，而清勁處尤妙。

13 論詩

謝康樂、庾義城之於詩，鑪錘之功不遺力也。然陶彭澤之牆數仞，謝、庾未能窺者，何哉？蓋二子有意於俗人贊毁其工拙，淵明直寄焉耳。

14 雜書

潘谷驗墨，摸索便知精粗。凡百工各妙於一物，與極深研幾者同一關捩耳。魏晉間士大夫往往有人材風鑒，至於反照，便如漆墨，亦潘谷之流耳。

15　又

老杜云：「長鑱長鑱白木柄，我生託子以爲命。黄獨無苗山雪盛，短衣數挽不揜脛。」往時儒者不解「黄獨」義，改爲「黄精」，學者承之。以予考之，蓋「黄獨」是也。《本草》赭魁注：「黄獨肉白皮黄，巴漢人蒸食之，江東謂之土芋。」余求之江西，江西謂之土卵，蒸煮食之，類芋魁。

16　又

余讀《周書·月令》云「反舌有聲，佞人在側」，乃解老杜《百舌》「過時如發口，君側有讒人」之句。

17　又

韋蘇州詩云：「憐君卧病思新橘，試摘才酸亦未黄。書後欲題三百顆，洞庭須待滿林霜。」余往以謂蓋用右軍帖云「贈子黄柑三百」者。比見右軍一帖云：「橘三百枚，霜未降，不可多得。」蘇州蓋取諸此。

18 又

余極喜顔魯公書，時時意想爲之，筆下似有風氣，然不逮子瞻遠甚。子瞻昨爲余臨寫魯公十數紙，乃如人家子孫，雖老少不類，皆有祖父氣骨。近見安師文有《祭濠州刺史伯父文》，學其妙處，所謂「毫髮無遺恨，波瀾獨老成」也。

19 筆説

韓退之敘述管城子毛穎及會稽褚先生、絳人陳元、弘農陶泓，皆以其有功於翰墨者也。然研得一，可以了一生；墨得一，可以了一歲。紙則麻楮藤竹，隨其地産所宜，皆有良工。唯筆工最難，其擇毫如郭泰之論士，其頓心著副如輪扁之斵輪。拙者得之，功楛同科；巧者得之，如臂使指也。宣城諸葛言，近世妙工，喜立其名，常冠一世，非手所自作者，未嘗名己以售人，此與市工中既得筆名，以三兩錢買人筆頭以取利者何啻千萬也！張通既作筆有聲，故書戒之。

20 試張耕老羊毛筆

老羝拔穎，霜竹斬幹。雙鉤虚指，八法回腕。張子束筆，無心爲樸。鷄著金距，鹿戴千角。

21 子弟誡

吉蠲筆墨，如澡身浴德。揩拭几研，如改過遷善。敗筆涴墨，瘝子弟職。書几書研，自黥其面。惟弟惟子，臨深戰戰。

22 書生以扇乞書

治心欲不欺而安静，治身欲不汙而方正。擇師而行其言，如聞父母之命。擇勝己者友，而聞其切磋琢磨。有兄之愛，有弟之敬。不能悦親則無本，不求益友則無樂。常傲狠則無救，多睡眠則無覺。士而有此四物，又焉用學！

23 送徐德郊

徐德郊從予遊，不獨以有瓜葛也。其居鄉黨，父兄愛之，子弟安之。其仕於州縣〔一〕，有能吏之聲。以草木臭味不遠，故相從也密焉。今得官於淮南，訪別於雙井。予數年來，病眩不能作詩，因書近所爲賦以贈別。在官者各有職，典民有親疏，然大要簡静平易，則足以使民移。使民者以事上，夫何遠之有？六合有佳士曰崔彦直，其人不游諸公，德郊可因公事，攜此文請之。崔知德郊自雙井來，當掃逕相迎，它日有疑事不能決，第訪之。元祐八年十月癸丑，黄某書。

〔一〕仕：原校「一作任。」

24 論子瞻書體

蜀人極不能書，而東坡獨以翰墨妙天下，蓋其天資所發耳。觀其少年時字畫已無塵埃氣，那得老年不造微入妙也！

25 論寫字法

往年定國常謂予書不工。書工不工，大不足計較事。由今日觀之，定國之言，誠不謬也。蓋字中無筆，如禪句中無眼，非深解宗理者未易及此。古人有言：「大字無過《瘞鶴銘》，小字莫學癡凍蠅。隨人學人成舊人，自成一家始逼真。」今人字自不按古體，惟務排疊字勢，悉無所法，故學者如登天之難。凡學字時，先當雙鉤，用兩指相疊蹙筆，壓無名指，高提筆，令腕隨己意左右，然後觀人字格，則不患其難矣，異日當成一家之法焉。

26 又〔一〕

七二郎氣秀而有骨，他日學問、仕宦皆當過人。要須得一佳士與遊，養其忠厚之源，此最爲先務也。涪翁書贈戴六六、七二秀才伯仲〔二〕。

〔一〕按此題與文不合，疑誤。《補續全蜀藝文志》卷五六題作《銀山公館石刻》，並注：「土人掘地得之，係山谷親筆。」銀山即今四川資中銀山鎮。據下文，此蓋書贈戴經、戴綱兄弟之題辭。

〔二〕「涪翁書」句原無，據《補續全蜀藝文志》補。其下原尚有「門生戴經、弟綱立石」，蓋即所稱「六六、七二」也。

27 論鹿性

胡居士云：鹿性驚烈，多别良草，恒食九物，餘則不嘗。群處必依山岡，産歸下澤。享神用其肉者，以其性烈清浄故也。凡餌藥者勿食鹿肉，服藥必不得力，以鹿常啖解毒之草，是故能制毒散諸藥也。九草者，葛葉及花、鹿葱、鹿藥、白蒿、水芹、甘草、齊頭蒿、山耳、薺苨。

雜著下

28 李方進問親書

某啓。申以昏媾，莫如兄弟。潘、楊蓋有自來，草木則吾味也。小子逿，問以詩禮，頗云周旋。顧茲忝嘗，曾莫佽助。伏承賢第幾小娘子，能佩紛帨，蚤從姆師。管窺一班，竊服閨門之美；河潤九里，尚增宗祀之光。敢傾齋明，敬納嘉禮。

29 許方進問親書

誤蒙褒言，委貺嘉幣。維茲息女，近若而人。伏承賢第幾先輩，武庫五兵，名駒千里。方卜萍蘩之助，豈伊顦悴之求。屈元禮之高明，及阿承之小醜。著姓多有，顧衰宗之眇然；懿親不忘，維伯氏之故也。眷逮如此，終辭謂何。

30 代求婚書

伏念管窺一斑，早欽宗黨之美；河潤九里，竊願婚姻之求。顧惟單平，實愧攀附。男某早聞詩禮，逮及有家。言采蘋蘩，猶虚中饋。伏承賢第幾小娘子，令德成於保傅，善聲發於幽閑。屬將有行，敢議合好。雖泉水入於淇奥，不恥下流；而葛藟施於條枚，終慙非對。謹因媒氏，恭聽嘉音。

31 代許姻書

行媒薦至，合姓見求。顧弱女之焉依，非令人而何俟。某人中庠序之成式，從師友而學文。蓋將起家，已見立志。巾櫛侍於慶閥，逮及有行；蘿蔓附於喬枝，不爲無託。當承嘉諭，寧復異辭。

32 代回問親書

冠冕同朝〔一〕，素欽材術之美；軒裳望族，遽辱婚姻之求。方屬文拘，未容賓謁。行媒薦至，不遺菲薄之微；合姓見盟，猥辱縑緗之厚。惟兹弱女，行且初笄。僅知保傅之嚴，未諭蘋蘩之重。伏承賢子某官，箕裘志業，詩書世家。早以門閥之賞延，已列搢紳之仕籍。愧兹攀附，竊幸夤緣。雖葛藟施於條枚，疑若非對；而泉水入於淇奥，義將有行。無復異辭，允膺嘉命。

〔一〕同：原作「問」，據《五百家播芳大全文粹》卷八六改。

33 問婚書

恭以唐杜望族，江湖世家。往昔接諸父之游，雍容非一日之雅。惟風期之不淺，是婚對之敢求。伏承某人，體二《南》之風，敦四德之教。先兄息某，屬當世子之重，顧虚宗婦之宫，輒因行媒，用薦嘉禮。青蠅附於驥尾，非吾偶之可譏；女蘿施於松枝，亢衰宗之爲幸。期於得請，冒貢至情。

34 許蕭氏書

耕隴相依，仕塗借助。方欽門第之美，遽辱婚姻之求。第幾女，能及縰笄，未閑蘋藻。伏承賢第幾齋郎，克家能子，聞禮興詩。葛藟施於條枚，尚疑非對；泉水入於淇奥，今則有行。不獲固辭，勉承嘉命。

35 回楊氏定書

某啓。名實缺然，門地蕞爾。維江湖橘柚之域，遠京洛衣冠之遊。顧嘗同僚，辱貺重禮。藐是孫女，逮茲繼笄。第幾齋郎，簪笏自於懷綳，芝蘭秀於庭户。卜相宗事，當求大家。猥得附葭莩之親，恐未勝掃灑之職。申以盟好，不遑遷延。勉輒拜嘉，對越將命。

36 回魏氏書

欽仰風流，惟是婚姻之故；講修世睦，敢申嬿婉之求。小子某，材不及中，學未聞道。猥叨命士，方且異宫。惟節春秋，莫助蘋藻。伏承賢第三十九娘子，教有端緒，德成幽閑。妄聽行媒之傳，肯顧鄙宗之陋。謹差穀旦，躬候玉音。

37 請純公開堂疏

諸佛不出世，亦無有涅槃。方便度衆生，故現如斯事。純公上人，懸崖千仞，武庫五兵。枯木寒灰，坐斷法身報化；經行宴坐，透徹現在去來。自利利他，法事總畢。而青城道俗，見隔不除；動地雨花，事不獲已。雖滴水滴凍，閉門造車；而東行西行，出門合轍。

人言屋下蓋屋，不知錦上添花。未歇遠近狐疑，又須分疏露布。不起承天寶座，即現方廣道場。經卷中世界三千，撥塵見佛；僧堂前草深一丈，爲法求人。若有識痛痒阿師，乃是學菩提種子。棒頭薦得，蔭覆十方；今正是時，四衆三請。

38 祝聖壽功德疏

伏以電影旋樞，瑞氣昔蟠於穹壤；葵心向日，頌聲播溢於華戎。躬詣寶坊，廣延緇侶。致上方香積之饌，閱西竺貝多之文。罄竭愚衷，崇修法供。伏願今皇帝陛下，睿圖鞏固，宸算增隆。日月無私，焕天明於萬國；椿松共茂，班寶鑑於千秋。臣無任瞻雲望聖、激切依歸之至。

39 簡州道俗齋萬僧會所疏

伏以續如來末劫之壽，莫大乎法供養；乞上方香積之餘，不可以意分別。崇成三德六味，普飯十方衆僧。貧女一錢，不以爲少；給孤側布，不以爲多。知恩方解報恩，辦心即是辦供。我輩生於五濁，不遇三災。鑿井耕田，當知雨露之力；仰父俯子，實依桃李之陰。年且屢豐，人有餘力。興兹美報，式契群心。伏願皇帝陛下，福基堅固，如不動妙高之山；德澤汪洋，等甚深功德之海。兩宮同壽箕翼，衆星常拱太微。河出九疇，山呼萬歲。乃至麟符虎節，千騎貳車，下爲動植之春，上協太平之業。凡我此會，不勸而成。若見若聞，隨力隨分。謹疏。

40 成都府别敕中和六祖禪師勸請文

盡大地一隻正眼，遍十方四面無門。有趣有宗，難信難解。譬如琵琶琴瑟，必資妙手，乃發至音；鳳凰麒麟，出以其時，方爲上瑞。範公道人，衲僧命脈，古佛心宗。如淨月輪，出則萬波分影；如吹毛劍，用則千里無人。而乃自埋於民，聊以卒歲。今成都重臣之鎮，實爲護法之金湯；兩川多士之淵，必且參微於雲室。來興法雨，今正是時。當使邪見稠林，風行草偃；波旬堅陣，瓦解土崩。心佛衆生，三輪普現；森羅萬象，一印頓圓。況六祖祕園，粥足飯足。淫坊酒肆，即是道場；枯木寒灰，不妨獨笑。願膺佛記，莫閟雷音。

41 成都中和六祖院勸緣疏

伏以鐘魚鼓板，癡禪盡飽而六祖飢；卧具牀敷，濁禪盡温而六祖冷。使道人如此失所，則檀越何處用心？敢爲諸仁，略開少分。相逢展手，不妨貧女一錢；隨喜轉頭，報在龍華三會。謹疏。

42 請法王長老航公開堂疏

本色住山人，皆授如來記。居則枯木止水，宴坐十方；出則疾風震雷，驚動萬物。不擇喧寂，作大因緣。中夏所瞻，崧高維嶽。心不可得，少林開第一之花；聖從何來，破竈見本有之性。從上諸祖，莊嚴此山；彼大法王，實據都會。河潤千里，惠林來福京師；鶴鳴九皋，天鉢號稱真子。恭惟天鉢長老航公，悟有生鴆毒，乘出世舟航。吹布衲之毛，傍家行脚；剗法堂之草，選佛登科。而久閑尺璧之陰，退養衆生之病。寶花玉座，共知不可覆藏；糞掃堆頭，重爲斬新拈出。

43 請郭山長老應霖疏

去聖悠遠，邪法峥嶸；當人伏藏，正宗淡薄。鉢囊挂壁，衲被蒙頭。可爲癡種子歸依，必遭明眼人識破。郭山應霖禪師，藴天台之雲月，飽南嶽之林泉。得翠巖悦一味之禪，分大愚芝千鐙之燄。而枯木宴坐，草深法堂。彼悦上人者，把牛鼻繩，能師子吼。唯升堂入室，未見其人。今日請爲大衆發蒙，亦與先師雪恥。要當脚踏實地，舌覆大千。末山園中，不負臨濟；蓮花峰頂，親見龍牙。入泥入水爲人，捏聚放開由己。貍奴白牯，盡教鼻孔撩天；水鳥樹林，也須腦門著地。

44 皇考朝請忌辰疏

二親之年，如白駒之馳過隙；百身以報，如一滴之益滄溟。罔極之恩，永思甚痛。式當諱日，恭設妙因。儻承不二之音，咸開頓覺之路。仰惟功德證知。

45 舅母十三太君舉哀疏 李布公達之妻

伏念從學外家，早蒙慈誨；竄身裔土，孤奉至恩。拜書墨之未乾，忽訃音之來及。瞻雲萬里，空盡於一哀；報德九冥，恭投於三寶。伏惟大覺證明。

46 嗣功十八弟推官舉哀疏

伏以禮服之衰，雖名初從；兄弟之義，不異同生。孤苦相依，夷險一概。來問投荒之客，書墨未乾；追尋細席之言，德音猶在。不謂禍成山岳，痛割肺肝。然以宿植善根〔一〕，已成道種；式延浄土，少助勝因。陳法供於祇園，演金文於貝葉。伏願嗣功十八弟推官，最初一念，不昧本來。隨順世緣，還爲骨肉。歸依大覺，爲作證明。

〔一〕以：原作「已」，據嘉靖本改。

47 祖父忌辰疏

昔嘗逮事，何莫報之劬勞〔一〕；今屬諱辰，未忘哀於冥漠〔二〕。式陳淨供，少助善緣。恭對覺皇，表白愚悃〔三〕。

〔一〕何莫報：《五百家播芳大全文粹》卷八二作「荷欲報」。

〔二〕未忘哀：《五百家播芳大全文粹》作「感至哀」。

〔三〕愚悃：原脱，據《五百家播芳大全文粹》補。

48 祖母桃源太君劉氏忌日齋僧

伏願瓜瓞有初，簡在夫人之德；風枝不静，實惟先君之恩。爰屬諱辰，式追冥福。恭惟大覺證知。

49 知命百日齋疏

脊令在原，汝有急難之義；虎兕出柙，我無保惠之功。書墨未乾，訃音來即。水火不免，將何面以見先親；股肱或虧，念誰依而終晚歲。逮兹卒哭，幾欲無生。躬掃祕園，親供緇侣。冀憑大覺之力，少慰九冥之思。稽首慈尊，惟垂悲救。

50 祖母遠忌疏二首

朝夕寢門，雖不逮事；綢繆牖户，燕我後生。適當屬纊之辰，深動降霜之感。敬依梵刹，延飯衆僧。冀此妙因，儻爲冥助。

51 又

昔嘗逮事，早纏風樹之悲；尚憶分甘，莫致冰魚之養。式逢諱日，更切哀誠。爰集苾蒭之僧，躬設伊蒲之饌。冀憑慈力，仰助超升。伏願不昧本來，承兹法施。

52 先妣遠忌疏

天地罔極，初無報德之階；日月不來，每深濡露之感。屬當諱日，更切哀摧。爰以佛香，普薰僧飯。維九冥寂寞，而積善之慶在心；推諸佛慈哀，則正覺之門有路。伏惟萬德，俯賜證知。

53 介休縣君遠忌疏二首

穠如桃李，鞠爲松柏之陰；澗有蘋蘩，莫助豆籩之薦。歲將二紀，哀念如新。式以諱辰，敬修冥福。顧平生之競爽，雖絶域而感通。

54 又

江山阻長，歲月徂謝。冢上之木已拱，室中之言未寒。屬當撤瑟之辰，深念采蘋之助。恭修佛供，用薦冥途。稽首覺皇，俯垂哀救。